Gerald Drews

# Titel, Tore und Triumphe

## 100 Jahre Fußball

*Gerald Drews,*
geboren 1954 in Lagerlechfeld bei Augsburg, volontierte nach dem Abitur bei der *Augsburger Allgemeinen*, wo er zunächst als Redakteur arbeitete. Nach verschiedenen Stationen, u. a. als Illustrierten-Reporter und Chefredakteur der Jugendzeitschrift *Junge Zeit*, arbeitet er seit 1985 als freier Journalist, Buchautor und Texter.

Gerald Drews

# Titel, Tore und Triumphe

## 100 Jahre Fußball

Arena

*Gewidmet meinen fußballbegeisterten Söhnen*
*Matthias und Markus*

Ein Dank an Hans Peter Steinle und Marco Koekoek für die anregenden Fußballplaudereien in Nabeul/Tunesien im Sommer 1999.

Redaktionsschluss für alle Tabellen und Statistiken: 15.10.1999

Der Verlag dankt dem Ullstein Bilderdienst für die Bildabdruckgenehmigungen:
AP (56, 77, 78 o. l.); Oliver Behrendt (2, 74, 75); Lutz Bongarts (1, 69, 72); dpa (23, 44, 52); Firo Sportpressefoto (3, 71); Dieter Frinke (39); Hartmann (63); Ferdi Hartung (37); Horstmüller (36, 49, 50 u. r., 54, 61 u. l.); Hanns Hubmann (20); Herbert Kronfeld (40); Günter Passage (57); Hans Rauchensteiner (60, 68); Reuters AG (14, 76, 78 u. r.); Norbert Rzepka (4); Schirner Pressefoto (27, 47); Fotoagentur Sven Simon (32, 33, 53, 55, 70); Ullstein (10, 12, 16, 17, 19, 26, 28); UPI (48); Bernd Wende (7); Werek (50 o. l., 61 o. r., 62, 64, 65, 67); Wilfried Witters (29, 41, 73); Zentralbild (66).

**In neuer Rechtschreibung**

1. Auflage 2000

Gesamtherstellung: Westermann Druck Zwickau GmbH
ISBN 3-401-05083-4

# Vorwort

**F**ußball ist unser Leben« hat die Fußballnationalmannschaft einmal gesungen und mit diesem Lied sogar die Hitparaden gestürmt. Millionen von Aktiven und Fans spricht dieser Song aus dem Herzen. Unter dem Dach des Deutschen Fußballbundes (DFB), dem größten Sportverband der Welt, tummeln sich rund 27 000 Vereine mit mehr als sechs Millionen Mitgliedern. Jeweils mehr als zehn Millionen Zuschauer strömten in den vergangenen beiden Spielzeiten in die Bundesligastadien – so viel wie nie zuvor seit Gründung der Liga im Jahr 1963. Und wenn deutsche Teams in den internationalen Wettbewerben wie Weltmeisterschaft (WM), Europameisterschaft (EM), Champions League oder UEFA-Cup antreten, sind die Stadien ebenfalls meist brechend voll. Ganz zu schweigen von Millionen Fans an den Fernsehgeräten.

Da macht es anscheinend nicht einmal etwas aus, dass die deutsche Nationalmannschaft derzeit mehr als mäßig kickt – ob beim frühen Ausscheiden bei der Weltmeisterschaft 1998 in Frankreich oder bei der Blamage beim Confederations-Cup im fernen Mexiko im August 1999. Dass die deutschen Kicker im Jahr 2000 bei der EM-Endrunde dabei sind, verdanken sie einem glücklichen 0 : 0 gegen die Türkei. Doch Durchhänger wie diese gab es – wie dieses Buch zeigt – in den vergangenen hundert Jahren immer wieder mal.

Aber auf der anderen Seite hat der deutsche Fußball auch ungeheuer viel erreicht! Dreimal wurde Deutschland Weltmeister, dreimal Europameister. Bereits neun deutsche Vereinsmannschaften holten einen oder mehrere internationale Titel. Die Fußball-WM 1974 und die EM 1988 im eigenen Lande brachte den Fans viele packende Spiele.

*Gerald Drews im Gespräch mit Franz Beckenbauer.*

Hundert Jahre Fußball in Deutschland – das waren aber immer auch witzige, tragische und seltsame Begebenheiten. Auch davon erzählt dieses Buch. Falls du etwas über deinen Lieblingsspieler oder -verein vermissen solltest, dann denke bitte daran: Aus Platzgründen kann ich nicht vollständig über alles berichten. Bei sooo viel Fußball hatte ich die Qual der Wahl. Ich hoffe trotzdem nichts Wesentliches ausgelassen zu haben und wünsche dir bei der Lektüre viel Vergnügen!

*Augsburg, im Herbst 1999*

# Inhalt

# Wie alles anfing

## Woher kommt Fußball?

Fußball wurde nicht erfunden. Fußball hat sich entwickelt. Schon vor 4 000 Jahren gab es im alten China ein Spiel, bei dem ein Ball mit Füßen getreten wurde. Es hieß Ts'uh Küh, wobei Ts'uh »mit den Füßen stoßen« und Küh »Ball« bedeutet. Dieses Spiel, das schon feste Regeln und Turniere kannte, diente dazu, Disziplin, Ausdauer und Mannschaftsgeist der Soldaten des Kaisers von China zu stärken. Aus irgendeinem Grund verloren aber die Chinesen ab dem 9. Jahrhundert nach Christus das Interesse an dieser Sportart. Ts'uh Küh geriet in Vergessenheit.

Aufzeichnungen, wie sich der Fußballsport in Europa entwickelte, sind rar. Man weiß, dass es bei den alten Griechen und auch bei den Römern Ballspiele gab – auch hier vor allem als Soldatentraining. Doch es dauerte bis zur Mitte des 19. Jahrhunderts, ehe erste Regeln aufgestellt wurden, die Ähnlichkeiten mit dem heutigen Fußballreglement hatten. Da dies auf der britischen Insel geschah, gilt England als Mutterland des Fußballsports. Damals war dieser jedoch sehr ähnlich dem heute noch auf der Insel sehr beliebten Rugby. Und so gründeten am 26. Oktober 1863 in London Interessenten aus Schulen, Universitäten und Vereinen die Football Association (FA), um sich eben von jenem Rugbysport klar abzugrenzen. Dieser Tag gilt als eigentlicher Geburtstag des Fußballs.

Bald gab es den ersten Wettbewerb, den »Challenge Cup«, jene Trophäe, die 1871 erstmalig ausgespielt wurde. Noch heute ist für britische Mannschaften das Cup-Finale im Londoner Wembley-Stadion mindestens genauso wichtig wie die Meisterschaft. Am 30. November 1872 fand übrigens das erste Länderspiel der Geschichte statt: England und Schottland trennten sich 0 : 0.

Es sollte noch einige Zeit dauern, ehe das Fußballfieber auf den europäischen Kontinent übergriff: 1896 gab es mit dem FC Lüttich den ersten belgischen und mit Oergryte den ersten schwedischen Meister; 1898 folgten mit RAP Amsterdam der erste holländische, mit dem FC Genua der erste italienische und mit Grasshoppers Zürich der erste Schweizer Titelträger.

**Eine kleine Fußball-Zeitreise**

**1857 wird in Sheffield der erste Fußballklub der Welt gegründet.**

## Deutschland lässt sich Zeit

Zwar reiste bereits 1875 eine Fußballmannschaft der englischen Universität Oxford durch Deutschland, doch die Begeisterung hielt sich hier zu Lande noch in Grenzen. Hannover, wo im Jahr 1878 mit dem Deutschen Fußballverein Hannover der erste Klub gegründet wurde, gilt als Geburtsstätte des deutschen Fußballs. 1883 folgte der Berliner Football- und Cricket-Club. Von nun an ging es stetig aufwärts.

Einer der Impulsgeber für den deutschen Fußball war kurioserweise ein Schweizer, der junge, in Montreux geborene Lehrer Walter Bensemann. Er gründete die Karlsruher Kickers, die um die Jahrhundertwende als bestes Team des europäischen Kontinents (abgesehen von Großbritannien) galten. Auf sein Bestreben hin trat ein deutsches Team aus Karlsruher und Berliner Spielern im November 1899 dreimal kurz hintereinander gegen eine Mannschaft von der britischen Insel an.

Die Ergebnisse waren wenig schmeichelhaft: Am 23. 11. 1899 gab es in Berlin ein 2 : 13, tags darauf an gleicher Stätte ein 2 : 10 und am 28.11. in Karlsruhe ein 0 : 7. Diese drei Spiele werden jedoch – soll man sagen: zum Glück? – in keiner offiziellen Länderspiel-Statistik geführt. Genauso wenig wie die beiden Rückspiel-Niederlagen vom 21. und 25. September 1901 auf dem Tottenham-Platz in London. Die Ergebnisse: 0 : 12 und 0 : 10.

## Die Gründung des DFB

Zu jener Zeit verfügte der deutsche Fußball schon über eine schlagkräftige Organisation. Nachdem bereits vorher auf regionalen Ebenen Organisationen wie der »Bund Deutscher Fußballspieler« oder die »Süddeutsche Fußballunion« existiert hatten, trafen sich am 28. Januar 1900 Vertreter von 86 Vereinen in der Leipziger Gaststätte »Mariengarten« zum »1. Allgemeinen Fußballtag«. Sie gründeten den »Deutschen Fußballbund« (DFB), der bis zum heutigen Tag der Dachverband der organisierten Fußballspieler in unserem Land ist.

Es dauerte jedoch noch bis zum Jahr 1903, ehe die erste deutsche Meisterschaft ausgespielt wurde. Teilnehmer waren die Siegermannschaften der Landesverbände: FC Altona 93 Hamburg, Victoria Magdeburg, DFC Prag, Karlsruher FV, VfB Leipzig und Britannia Berlin. Die Organisation war das reinste Chaos. Zum Beispiel protestierte der Berliner Regionalverband beim DFB gegen die Teilnahme der tschechischen Mannschaft aus Prag. Trotzdem stand das Team aus der tschechischen Hauptstadt am 31. Mai 1903 auf der Exerzierwiese in Hamburg-Altona im Finale – und zwar gegen Leipzig. Vor rund 500 Zuschauern behielten die Sachsen mit 7 : 2 klar die Oberhand. Böse Zungen behaupteten, die Spieler aus Prag hätten nach einem feuchtfröhlichen Reeperbahn-Bummel am Vorabend am nächsten Tag den Ball manchmal doppelt gesehen . . .

**1863 gilt als Geburtsstunde des modernen Fußballs, als in London Delegierte von Universitäten, Schulen und Fußballklubs die Football Association (FA) gründen.**

*Die erste deutsche Meisterschaft 1903: Karlsruher FV gegen Britannia Berlin.*

Als am 21. Mai 1904 der Weltfußballverband FIFA gegründet wurde, löste sich das Problem mit den Tschechen von selbst: Der Prager Verband musste nach den neuen Regeln aus dem DFB ausscheiden, sodass 1904 die erste rein deutsche Meisterschaft hätte ausgetragen werden können.

Hätte. Denn auch hier gab es wieder Riesentheater: Diesmal protestierte der Karlsruher FV, da sein Spiel bei der 0 : 6-Niederlage gegen Britannia Berlin nicht auf neutralem Boden, sondern eben in Berlin ausgetragen worden war. Nach einigem Hickhack verzichteten schließlich die beiden Finalteilnehmer Berlin und Leipzig auf eine Austragung des Endspiels. So gab es in diesem Jahr keinen Meister.

Ab diesem Zeitpunkt kehrte langsam Ruhe ein und bis zum Beginn des Ersten Weltkrieges 1914 wurde jetzt alljährlich problemlos der deutsche Meister gekürt. Das damalige System sollte bis zur Einführung der Bundesliga im Jahr 1963 Bestand haben: So lange gab es – heute kaum vorstellbar – keine erste deutsche Liga, sondern so genannte Regionalligen (so heißt ja auch heute der Unterbau der ersten und zweiten Bundesliga). Die acht Teams, die in ihren Regionalligen am Ende die ersten Plätze belegten, spielten im K.-o.-System um den Titel. Nur in den Jahren 1915 bis 1919 und 1945 bis 1947 gab es als Folge der beiden Weltkriege keine Meisterschaften.

**1869 führt die FA mit dem Challenge Cup in England den ersten bedeutenden Fußballwettbewerb ein.**

**Die Endspiele um die deutsche Meisterschaft bis zur Einführung der Bundesliga**

1903 VfB Leipzig – DFC Prag 7 : 2
1905 Union 92 Berlin – Karlsruher FV 2 : 0
1906 VfB Leipzig – 1. FC Pforzheim 2 : 1
1907 Freiburger FC – Viktoria 89 Berlin 3 : 1
1908 Viktoria Berlin – Stuttgarter Kickers 3 : 0
1909 Phönix Karlsruhe – Viktoria Berlin 4 : 2
1910 Karlsruher FV – Holstein Kiel 1 : 0 n. V.
1911 Viktoria Berlin – VfB Leipzig 3 : 1
1912 Holstein Kiel – Karlsruher FV 1 : 0.
1913 VfB Leipzig – Duisburger SpV 3 : 1
1914 SpVgg Fürth – VfB Leipzig 3 : 2 n. V.
1915–1919 keine Endspiele
1920 1. FC Nürnberg – SpVgg Fürth 2 : 0
1921 1. FC Nürnberg – Vorwärts Berlin 5 : 0
1922 kein Meister; da sich der Hamburger SV und der 1. FC Nürnberg in zwei Endspielen 2 : 2 bzw. 1 : 1 trennten, entschloss man sich den Titel nicht zu vergeben.
1923 Hamburger SV – Union Oberschöneweide 3 : 0
1924 1. FC Nürnberg – Hamburger SV 2 : 0
1925 1. FC Nürnberg – FSV Frankfurt 1 : 0 n. V.
1926 SpVgg Fürth – Hertha BSC Berlin 4 : 1
1927 1. FC Nürnberg – Hertha BSC Berlin 2 : 0
1928 Hamburger SV – Hertha BSC Berlin 5 : 2
1929 SpVgg Fürth – Hertha BSC Berlin 3 : 2
1930 Hertha BSC Berlin – Holstein Kiel 5 : 4
1931 Hertha BSC Berlin – 1860 München 3 : 2
1932 Bayern München – Eintracht Frankfurt 2 : 0
1933 Fortuna Düsseldorf – FC Schalke 04 3 : 0
1934 FC Schalke 04 – 1. FC Nürnberg 2 : 1
1935 FC Schalke 04 – VfB Stuttgart 6 : 4
1936 1. FC Nürnberg – Fort. Düsseldorf 2 : 1 n. V.
1937 FC Schalke 04 – 1. FC Nürnberg 2 : 0
1938 Hannover 96 – FC Schalke 04 3 : 3 n. V. und 4 : 3 n. V. im Wiederholungsspiel
1939 FC Schalke 04 – Admira Wien 9 : 0
1940 FC Schalke 04 – Dresdner Sport-Club 1 : 0
1941 Rapid Wien – FC Schalke 04 4 : 3
1942 FC Schalke 04 – Vienna Wien 2 : 0
1943 Dresdner SC – FV Saarbrücken 3 : 0
1944 Dresdner SC – LSV Hamburg 4 : 0
1945–1947 keine Endspiele
1948 1. FC Nürnberg – 1. FC Kaiserslautern 2 : 1
1949 VfR Mannheim – Bor. Dortmund 3 : 2 n. V.
1950 VfB Stuttgart – Kickers Offenbach 2 : 1
1951 1. FC Kaiserslautern – Preuß. Münster 2 : 1
1952 VfB Stuttgart – 1. FC Saarbrücken 3 : 2
1953 1. FC Kaiserslautern – VfB Stuttgart 4 : 1
1954 Hannover 96 – 1. FC Kaiserslautern 5 : 1
1955 Rot-Weiß Essen – 1. FC Kaiserslautern 4 : 3
1956 Borussia Dortmund – Karlsruher SC 4 : 2
1957 Borussia Dortmund – Hamburger SV 4 : 1
1958 FC Schalke 04 – Hamburger SV 3 : 0
1959 Eintr. Frankfurt – Kickers Offenbach 5 : 3 n. V.
1960 Hamburger SV – 1. FC Köln 3 : 2
1961 1. FC Nürnberg – Borussia Dortmund 3 : 0
1962 1. FC Köln – 1. FC Nürnberg 4 : 0
1963 Borussia Dortmund – 1. FC Köln 3 : 1

## Das erste Länderspiel geht verloren

Langsam begann der deutsche Fußball über seine Grenzen hinauszublicken. Die Schweiz wurde erster »offizieller« Länderspielgegner der Deutschen und siegte am 5. April 1908 in Basel vor 5 000 Zuschauern mit 5 : 3. Der offizielle DFB-Berichterstatter von damals – ein Vorläufer von »BILD«, »ran« oder »Kicker« – kommentierte: »Der Torwart genügte. Von den Verteidigern war Jordan sehr schlecht und Hempel fehlte der befreiende Stoß. Mit einem Partner, der über einen weiten Stoß verfügt, hätte er seinen Posten wohl

**1871 Am 30. November findet das erste offizielle Länderspiel der Fußballgeschichte zwischen Schottland und England in Glasgow statt. Es endet 0 : 0. Aus dem gleichen Jahr erfährt man aus der Chronik von der ersten amtlich registrierten Fußballverletzung: Obwohl sich Leutnant Crosswell von den Royal Engeneers im Pokalfinale das Schlüsselbein bricht, hält er bis zum Spielende tapfer durch.**

*Länderspiel Deutschland - Holland am 24.04.1910 in Arnheim.*

ausgefüllt. Die Halfs genügten. In der Stürmerreihe vermisste ich bis zum letzten Teil des Spieles jegliche Kombination. Keiner vertraute dem anderen.«
Durchaus kritische Worte gegen die deutschen Kicker, wenn auch in einer für unsere heutige Zeit ungewohnten Sprache. Die »Halfs« bezeichnet man heute als Mittelfeld und mit dem »weiten Stoß« ist wohl der befreiende Pass in die Tiefe gemeint. Für alle Statistikfreaks hier die Aufstellung der ersten deutschen Nationalmannschaft:

## Die erste deutsche Nationalmannschaft

Torwart: Fritz Baumgarten (Tennis Borussia Berlin)
Verteidiger: Walter Hempel (Sportfreunde Leipzig), Ernst Jordan (Victoria Magdeburg)
Läuferreihe (Halfs): Karl Ludwig (SC 99 Köln), Arthur Hiller (1. FC Pforzheim), Hans Weymar (Victoria Hamburg)
Stürmer: Gustav Hensel (FV Kassel), Fritz Förderer (Karlsruher FV), Eugen Kipp (Sportfreunde Stuttgart), Fritz Becker (Kickers Frankfurt), Willy Baumgärtner (SV 04 Düsseldorf)
Torschützen: Becker (2) sowie Förderer.

**1872 erhält der englische Nationalspieler Sam Widdowson von Nottingham Forest ein Patent auf die von ihm erfundenen Schienbeinschützer. Sie werden von der FA als Pflicht vorgeschrieben.**

## Kein fester Trainer für die Nationalelf

Aus dieser Aufstellung kannst du mancherlei erkennen: So spielte von den heute führenden Klubs damals noch keiner eine bedeutende Rolle; die Vereine von damals sind allesamt in der Versenkung verschwunden, mit Ausnahme des Zweitliga-Klubs Tennis Borussia Berlin, der den Torwart stellte. Interessant auch, dass die Spieler aus elf verschiedenen Mannschaften kamen. Der Grund: Die Spieler wurden mehr nach regionalen Gesichtspunkten als nach Leistung ausgewählt. Auch gab es damals noch keinen »hauptamtlichen« Bundestrainer, sondern diese Aufgabe wurde »nebenbei« von Vereinstrainern geleistet. Professor Otto Nerz war ab 1923 der erste, der ausschließlich für die Nationalmannschaft verantwortlich war.

Das zarte Pflänzlein Fußballsport in Deutschland »erblühte« beim olympischen Fußballturnier 1912 in Stockholm mit einem 16 : 0-Erfolg über Russland – übrigens der höchste deutsche Fußballsieg aller Zeiten. Über die Vorrunde kam das Team jedoch seinerzeit trotzdem nicht hinaus. Und dann war überhaupt erst einmal für lange Zeit Pause: Der Erste Weltkrieg machte dem friedlichen Fußballsport den Garaus.

### Die höchsten Siege der deutschen Nationalmannschaft . . .

| | | |
|---|---|---|
| 01.07.1912 | Stockholm<br>Deutschland – Russland | 16 : 0 |
| 10.02.1929 | Mannheim<br>Deutschland – Schweiz | 7 : 1 |
| 22.10.1933 | Duisburg<br>Deutschland – Belgien | 8 : 1 |
| 11.03.1934 | Luxembourg<br>Luxemburg – Deutschland<br>WM-Qualifikation | 1 : 9 |
| 04.08.1936 | Berlin<br>Deutschland – Luxemburg<br>Olymp. Fußballturnier | 9 : 0 |
| 27.09.1936 | Krefeld<br>Deutschland – Luxemburg | 7 : 2 |
| 16.05.1937 | Breslau<br>Deutschland – Dänemark | 8 : 0 |
| 14.07.1940 | Frankfurt<br>Deutschland – Rumänien | 9 : 3 |
| 01.09.1940 | Leipzig<br>Deutschland – Finnland | 13 : 0 |
| 20.10.1940 | München<br>Deutschland – Bulgarien | 7 : 3 |
| 06.04.1941 | Köln<br>Deutschland – Ungarn | 7 : 0 |
| 23.06.1954 | Zürich<br>Deutschland – Türkei<br>WM-Vorrunde | 7 : 2 |
| 21.10.1959 | Köln<br>Deutschland – Niederlande | 7 : 0 |
| 21.05.1969 | Essen<br>Deutschland – Zypern<br>WM-Qualifikation | 12 : 0 |
| 22.06.1971 | Oslo<br>Norwegen – Deutschland | 1 : 7 |
| 28.02.1976 | Dortmund<br>Deutschland – Malta<br>EM-Qualifikation | 8 : 0 |
| 27.02.1980 | Bremen<br>Deutschland – Malta<br>EM-Qualifikation | 8 : 0 |
| 23.09.1981 | Bochum<br>Deutschland – Finnland<br>WM-Qualifikation | 7 : 1 |
| 18.11.1981 | Dortmund<br>Deutschland – Albanien<br>WM-Qualifikation | 8 : 0 |
| 04.06.1996 | Mannheim<br>Deutschland – Liechtenstein | 9 : 1 |
| 05.06.1998 | Mannheim<br>Deutschland – Luxemburg | 7 : 0 |

**1874 entstehen an mehreren deutschen Universitäten Fußballmannschaften. Vorbild ist die englische Universität Oxford.**

### . . . und die höchsten Niederlagen

| | | | |
|---|---|---|---|
| 20.04.1908 | Berlin | | |
| | Deutschland – England | 1 : 5 | |
| 16.03.1909 | Oxford | | |
| | England – Deutschland | 9 : 0 | |
| 23.11.1913 | Antwerpen | | |
| | Belgien – Deutschland | 6 : 2 | |
| 24.05.1931 | Berlin | | |
| | Deutschland – Österreich | 0 : 6 | |
| 13.09.1931 | Wien | | |
| | Österreich – Deutschland | 5 : 0 | |
| 20.06.1954 | Basel | | |
| | Ungarn – Deutschland | 8 : 3 | |
| | WM-Vorrunde | | |
| 24.07.1999 | Guadelajara | | |
| | Brasilien – Deutschland | 4 : 0 | |

*24.07.1999: Beim Confederations Cup in Mexiko »unterliegt« Lothar Matthäus dem brasilianischen Gegenspieler Evanilson.*

**1875 kommt es zur nächsten bahnbrechenden Neuerung: Ein englischer Schiedsrichter führt die Trillerpfeife ein.**

# Die Zeit zwischen den Kriegen

## Die »goldenen Zwanzigerjahre«

Die Zeit nach dem Ende des Ersten Weltkrieges ist trotz großer wirtschaftlicher Schwierigkeiten mit immens hoher Arbeitslosigkeit und Geldentwertung als Zeit der »goldenen Zwanzigerjahre« in die Geschichtsbücher eingegangen. Das gilt auch für den Fußball in Deutschland, zumindest im nationalen Bereich. Die Fußball-Hochburgen jener Jahre lagen in Franken: Mit dem 1. FC Nürnberg und der SpVgg Fürth (jetzt Greuther Fürth) gaben zwei Mannschaften den Ton an, die heute in der Zweiten Bundesliga kicken. Zwischen 1920 und 1929 stand der »Club«, wie die Nürnberger genannt werden, sechsmal im Endspiel und gewann dabei fünfmal den Titel. Mit zwei Titeln bei drei Finalteilnahmen waren die »Kleeblätter«, so der Kosename der Fürther, ebenfalls gut dabei.

Eine nie wieder erreichte Dramatik stellte das Finale von 1922 dar. In diesem Jahr gab es zum einzigen Mal in einer normalen Saison keinen deutschen Meister. Und das kam so:

Am 6. August 1922 standen sich im Finale in Berlin der 1. FC Nürnberg und der Hamburger SV gegenüber. Ein Endspiel, das sich in seiner Bedeutsamkeit mit einem heutigen Match zwischen Bayern München und Borussia Dortmund vergleichen lässt. Nach 90 Minuten stand die Partie bei 27 Grad im Schatten 2 : 2 unentschieden und musste zweimal 15 Minuten verlängert werden. Damals gab es noch kein Elfmeterschießen, stattdessen hieß die Regelung: Weiterspielen bis zur Entscheidung. Doch das »Golden Goal«, wie man heute sagen würde, wollte und wollte nicht fallen. Nach zwei Stunden und 45 Minuten brach der Schiedsrichter Dr. Peco Pauwenz – übrigens von 1949 bis 1962 DFB-Präsident – mit einem Wadenkrampf zusammen. Er ließ sich verarzten und pfiff weiter, bis nach insgesamt drei Stunden und neun Minuten wirklich nichts mehr ging: 19-mal hatten bis dahin die Sanitäter in Aktion treten müssen, um verletzte Spieler zu verarzten. Ein Reporter schrieb daraufhin den schönen Satz: »Ein Schlachten war's, nicht eine Schlacht zu nennen.«

Diese »Schlacht« sollte – kaum zu glauben! – bei der Wiederholung sechs Wochen später in Leipzig noch eine Steigerung erfahren! Als das Spiel nach regulärer Spielzeit 1 : 1 stand, kämpften auf Nürnberger Seite gerade noch sieben Spieler: Zwei waren des Feldes verwiesen worden, zwei weitere hatten so schwere

**1878 wird der erste »richtige« deutsche Fußballklub gegründet: Deutscher Fußball-Verein Hannover von 1878.**

*06.08.1922: Ein Endspiel ohne Gewinner.*

Verletzungen erlitten, dass sie nicht mehr weiterspielen konnten. Die heutige Auswechselregelung gab es damals noch nicht. Nach 110 Spielminuten brach der Unparteiische schließlich ab und erklärte die Hamburger Mannschaft, die noch vollzählig auf dem Platz stand, zum Meister. Der HSV verzichtete jedoch großzügig auf diese Art des Titelgewinns. Denn nach fast fünf Stunden Rasenschlacht hatte es ja sportlich keinen Sieger gegeben.

In jenen Jahren stand ein Spieler besonders im Mittelpunkt des Zuschauerinteresses. Ein Mann, der trotz Sepp Maier, Toni Schumacher oder Oliver Kahn als bester deutscher Torwart aller Zeiten gilt: Heiner Stuhlfaut. Ihm wird nachgesagt, dass er die Strafraumbeherrschung erfand – also weg von der Torlinie und raus aus dem Fünf-Meter-Raum. Auf 21 Länderspiele, fünf deutsche Titel und unzählige große Spiele konnte der »Hexenmeister«, wie ihn die Fans nannten, zurückblicken, als er 1930 im Alter von 35 Jahren seine Karriere beendete. 1956 wählten ihn die deutschen Fußballfans übrigens zum beliebtesten Spieler aller Zeiten.

**1885 schlägt die Geburtsstunde des Profifußballs, als die britischen Fußballverbände die Bezahlung von Fußballspielern erlauben.**

## Der Schalker »Kreisel«

Wie in den Zwanzigerjahren Nürnberg und Fürth, so beherrschte in den Dreißigern das Team aus dem Gelsenkirchener Vorort Schalke den deutschen Fußball. Die »Knappen«, wie sie genannt wurden, standen von 1933 bis 1942 nicht weniger als neunmal im Endspiel und holten sechsmal den Titel. Bereits Ende der Zwanzigerjahre hatte sich Schalke 04 dreimal hintereinander für die Endrunde um den deutschen Titel qualifiziert, war jedoch nicht bis unter die letzten vier gekommen. Dann schien ein Skandal ohnegleichen die Mannschaft aus der »Stadt der tausend Feuer«, wie die Bergarbeitermetropole Gelsenkirchen genannt wurde, in den Abgrund zu stürzen: Die Schalker Kicker hatten angeblich unerlaubt Geld fürs Fußballspielen kassiert, was damals strikt verboten war. Daraufhin wurden 14 Spieler zu Profis erklärt und gesperrt, die Vorstandschaft des Vereins wurde aus dem Verband ausgeschlossen.
Dieser Skandal, beileibe nicht der einzige in der wechselhaften Geschichte der »Königsblauen« aus dem Ruhrgebiet, trieb sogar den Finanzchef des Klubs Willy Nier in den Selbstmord. Doch die Fans

*18.06.1939: Die Mannschaft vom deutschen Meister Schalke 04.*

**1887** **wird der Hamburger SV gegründet.**

blieben Schalke treu: Als 1931 die gesperrten Stars begnadigt wurden, bereiteten ihnen die Fans einen triumphalen Empfang. Mehr als 100 000 bevölkerten die hoffnungslos überfüllte Schalker Glückauf-Kampfbahn, den Vorgänger des heutigen Parkstadions. Zwei Jahre später holte die Mannschaft erstmals den Titel und bestimmte von nun an auf viele Jahre das Geschehen des deutschen Fußballs.
Vor dem »Schalker Kreisel« hatten alle Gegner Respekt. Dieses System wurde so genannt, weil die Stürmer mit blitzschnellem Kombinationsspiel zum Erfolg kamen. Wenn du die Namen der Gelsenkirchener Spieler liest, wird dir eine Besonderheit auffallen: Kuzzorra, Szepan, Tibulski, Kalwitzki waren die Leistungsträger der Mannschaft. Sie alle waren Nachkommen jener polnischen Bergarbeiter, die um die Jahrhundertwende ins Ruhrgebiet gekommen waren, um mit der Suche nach dem »schwarzen Gold«, also der Kohle, zu bescheidenem Wohlstand zu gelangen. Ernst Kalwitzki stellte übrigens im Finale 1939 einen »Ewigkeitsrekord« auf: Beim 9 : 0 gegen Admira Wien schoss der Mittelstürmer nicht weniger als fünf Treffer.

## Wie Wien deutscher Meister wurde

Admira Wien im deutschen Endspiel? Wie das denn? Nun, im März 1938 war der deutsche Diktator Adolf Hitler mit seinen Soldaten in Österreich einmarschiert, um das Land »heim ins Reich« zu holen. So umschrieben die Nationalsozialisten ihren Wahn, alles, was ihrer Meinung nach »deutsch« war, zu einem »großdeutschen Reich« zu vereinigen. Die österreichischen Teams und ihre Stars waren zu jener Zeit europäische Spitzenklasse. Und sie spielten auch in den Endspielen um die »großdeutsche Meisterschaft« eine wichtige Rolle. Nicht nur Admira Wien erreichte – 1939 – ein Endspiel. Zwei Jahre später, bereits mitten im Krieg, gelang es sogar Rapid Wien, mit einem überraschenden 4 : 3 gegen die übermächtigen Schalker als erstem und einzigem Team aus Österreich deutscher Meister zu werden. Die Wiener Admira hat es 1942 noch einmal versucht und kam wieder ins Endspiel. Doch erneut stand Schalke 04 im Weg. Allerdings fiel die 0 : 2-Niederlage um einiges ehrenvoller aus als die 0 : 9-Schlappe drei Jahre zuvor. Und nach dem Krieg ging der österreichische Fußball mit wechselhaften Erfolgen wieder seiner eigenen Wege.

## Das österreichische »Wunderteam«

Wie sah es denn mit dem deutschen Fußball zu jener Zeit auf internationaler Ebene aus? Bedeutende europäische Vereinswettbewerbe gab es noch nicht und die Auftritte bei Olympischen Spielen waren aus deutscher Sicht eher bescheiden. Fußball war 1908 offiziell als olympische Disziplin aufgenommen worden. 1928, als Deutschland erstmals nach dem Ersten Weltkrieg wieder am olympischen Fußballturnier teilnahm, kam das Aus in der Zwischenrunde gegen Uruguay, 1932

**1888 kommt es zur Gründung der englischen Liga, der zwölf Klubs angehören. Im selben Jahr finden beim deutschen Turnfest in München erstmals Fußballspiele statt.**

war die Sportart nach politischen Streitereien von der Liste der olympischen Disziplinen gestrichen worden. Und 1936 – ausgerechnet bei den olympischen Spielen in Berlin – blamierte sich das deutsche Team vor den Augen der versammelten Nazigrößen in der Zwischenrunde mit einem 0 : 2 gegen Norwegen.

Zwei Jahre zuvor – bei der WM 1934 in Italien – hatte es allerdings den ersten ordentlichen internationalen Erfolg gegeben. Durch ein 3 : 2 gegen Österreich belegte die deutsche Nationalmannschaft den dritten Platz. Das war umso erstaunlicher, da man kurz zuvor von dem Erzrivalen mit 0 : 5 und 0 : 6 zwei regelrechte »Packungen« bezogen hatte.

Österreich besaß zu dieser Zeit ein so genanntes »Wunderteam«. Vor allem in den Jahren 1931/32 sorgte die österreichische Nationalelf für Aufsehen: Zwölf Spiele ohne Niederlage – darunter ein grandioses 5 : 0 gegen das ebenfalls bärenstarke Schottland – ließen die Fachwelt staunen. Die Elf um den schmächtigen Mittelstürmer Matthias Sindelar, genannt der »Papierene«, schoss in den angesprochenen zwölf Länderspielen 49 Treffer. So fegte man die Schweiz mit 8 : 1 und Ungarn mit 8 : 2 vom Platz.

*»Verbrüderungsspiel« zwischen den Nationalmannschaften Österreichs und Deutschlands im April 1938.*

**1890 organisiert sich in Deutschland der »Bund Deutscher Fußballspieler« in Berlin.**

## Das »großdeutsche« Team blamiert sich

Jenes österreichische Wunderteam gehörte 1938 längst der Vergangenheit an. Doch die Österreicher bildeten nach wie vor eine starke Mannschaft. Da es aber nach dem Einmarsch der Deutschen den Staat Österreich offiziell nicht mehr gab, musste sich auch die Nationalmannschaft aus dem Wettbewerb zurückziehen. Dabei hatte man die reguläre Qualifikation durch einen Sieg gegen Lettland geschafft. Deutschland beanspruchte nun für die WM in Frankreich prompt die besten österreichischen Spieler für sich: Unter den 22 Akteuren des »großdeutschen« Teams standen letztendlich neun Wiener. Doch die »großdeutsche« Elf blamierte sich bei diesem Turnier bis auf die Knochen. Im Achtelfinale gegen die Schweiz gab es in Paris ein 1 : 1 und im Wiederholungsspiel wenige Tage später eine 2 : 4-Schlappe. Deutschland war »draußen«. Die Welt machte aus ihrer Schadenfreude kein Geheimnis. Nie zuvor und nie danach war eine deutsche Nationalmannschaft so früh bei einer Fußball-WM gescheitert. Es gibt nicht wenige, die behaupten, manche Spieler – vor allem aus Wien – hätten aus Protest gegen das Naziregime bewusst schlecht gespielt.

Besonders ärgerlich war die WM 1938 für Sepp Herberger, der kurz zuvor als »Reichstrainer«, wie der Titel damals lautete, Otto Nerz abgelöst hatte. Denn Herberger ging es wie dem Trainer des allerersten Nationalteams: Er durfte nicht die elf Besten aufstellen, sondern musste sich dem Diktat der Nazis beugen und die Mannschaft nach regionalen Gesichtspunkten zusammensetzen. Eine Rechnung, die nicht aufging. Wer aber hätte damals geahnt, dass dem 1897 in Mannheim geborenen Trainer 16 Jahre später einer der größten Triumphe gelingen sollte, die es je im deutschen Sport gegeben hat?

*Ein »alter Fuchs«: Reichstrainer Josef (»Sepp«) Herberger, 1938.*

**1891** **wird die erste (inoffizielle) deutsche Fußballmeisterschaft ausgetragen. Sieger ist Germania 1888 Berlin.**

# Die Fünfzigerjahre

## Deutschland im Abseits

Doch zwischen dem frühen Ausscheiden der deutschen Nationalmannschaft in der WM 1938 und Sepp Herbergers größtem Erfolg lag der Zweite Weltkrieg. Danach stand Deutschland gegenüber der ganzen Welt im »Abseits«. Mit einem Land, das so viel Unheil über die Menschheit gebracht hatte, wollte nach 1945, dem Jahr des Kriegsendes und der deutschen Kapitulation, niemand mehr etwas zu tun haben. Nicht einmal bei der »schönsten Nebensache der Welt«, dem Sport.

Nach der WM 1938 hat es übrigens noch bis ins Kriegsjahr 1942 hinein Länderspiele für Deutschland gegeben. Der 5 : 2-Sieg am 22. November 1942 in Pressburg gegen die Slowakei blieb das letzte deutsche Länderspiel für lange Jahre. Erst 1950, also acht Jahre später (kurioserweise wieder an einem 22. November), war die Schweiz in Stuttgart erster Nachkriegsgegner der Deutschen. Der 1 : 0-Sieg gegen die Eidgenossen war eher Nebensache. Wichtig war, dass die Deutschen auch sportlich wieder in den Kreis der friedliebenden Nationen aufgenommen worden waren. Übrigens ist die Schweiz der Lieblingsgegner der Deutschen: Insgesamt 46-mal gab es Länderspiele gegen die Eidgenossen. Die Niederlande (32 Länderspiele), Österreich und Schweden (je 31) sowie Ungarn (30) folgen auf den Plätzen.

## Das »Wunder« von Bern

Für jene Ungarn sollte die Fußball-WM 1954 in der Schweiz die Krönung einer unvergleichlichen Siegesserie werden. Das Team, Olympiasieger von 1952, war damals unbestritten das beste der Welt. Die Spieler um Verbandschef Gustav Sebes und Trainer Gyula Mandi hatten seit 1950 kein Länderspiel mehr verloren. Durch ein sensationelles 6 : 3 im November 1953 im Londoner Wembley-Stadion bescherte man England die erste Heimniederlage gegen ein ausländisches Team überhaupt. Und im Mai 1954, kurz vor Beginn der WM, setzten die Magyaren noch eins drauf und fegten die Briten in Budapest mit 7 : 1 vom Platz.

Wer, wenn nicht die Elf um die Stars mit den klangvollen Namen Ferenc Puskas, Gyula Lorant (der später als Trainer in Deutschland erfolgreich war), Nandor Hidekuti, Sandor Kocsis oder Joszef Bozik, sollte also die zweite WM nach dem Zweiten Weltkrieg für sich entscheiden?

**1892 werden Hertha BSC, der Berliner SV und Slavia Prag gegründet.**

Doch wie schon 1950, als Uruguay in einem fesselnden Finale den großen Favoriten Brasilien in dessen Heimat bezwungen hatte, gab es auch 1954 in der Schweiz eine Riesensensation. Mit »schuld« daran war aber auch ein ziemlich eigenartiges Austragungssystem: 16 Mannschaften spielten zunächst in vier Gruppen à vier Mannschaften gegeneinander. Das war noch einleuchtend. Doch dass zwei der vier Mannschaften in jeder Gruppe gesetzt wurden und nur gegen die ungesetzten Mannschaften spielen sollten, ist kaum nachzuvollziehen. Außerdem wurde bestimmt, dass bei Punktegleichheit zweier Mannschaften diese noch einmal gegeneinander antreten mussten. Das ergab ein kurioses Durcheinander, das sich aber noch als höchst bedeutend für den Ausgang der WM erweisen sollte.

Deutschland wurde ausgerechnet mit den übermächtigen Ungarn in eine Gruppe gelost, und zwar als ungesetztes Team! Die Verantwortlichen des Weltfußballverbandes hatten die Türkei stärker eingeschätzt als Deutschland. Während viele Experten über diese Entscheidung die Köpfe schüttelten, kam sie einem Mann gerade recht: Bundestrainer Sepp Herberger. Zunächst zeigte seine Mannschaft mit einem 4 : 1 gegen die Türken, was wirklich in ihr steckte. Danach gelang dem »alten Fuchs« Herberger ein wahrhaft genialer taktischer Schachzug. Im Spiel gegen Ungarn ging es um den Gruppensieg. Hätte Deutschland gewonnen, wäre es im Viertelfinale auf Brasilien getroffen – eine kaum lösbare Aufgabe. Bei einer Niederlage war zwar das besagte Entscheidungsspiel gegen die Türkei nötig, um ins Viertelfinale zu gelangen. Danach aber wartete mit Jugoslawien ein bezwingbarer Gegner.

Herberger schonte also seine Besten und trat mit einer Art Reservemannschaft gegen die Ungarn an. Die deutschen Fans, die von der wahren Absicht des Trainers nichts wussten, begrüßten die Spieler mit lauten Buh-Rufen. Und sie mussten dann auch miterleben, dass die Ungarn die deutsche »B-Auswahl« mit 8 : 3 deklassierten. Lange nach der WM räumte Sepp Herberger ein diese hohe Niederlage bewusst einkalkuliert zu haben. In diesem Spiel beging übrigens der deutsche Verteidiger Werner Liebrich ein übles Foul an Ferenc Puskas, dem ungarischen Kapitän und besten Spieler der Welt. Danach konnte Puskas erst wieder im Endspiel antreten, blieb dort jedoch weit unter Form. Liebrichs Foul wurde daraufhin auch als »der Tritt, der die WM gewann«, bezeichnet.

Die WM verlief im Folgenden genau so, wie Sepp Herberger sie sich insgeheim vorgestellt hatte: Im Entscheidungsspiel gegen die Türkei gab es einen 7 : 1-Sieg und im Viertelfinale folgte ein 2 : 0 gegen Jugoslawien. Im Halbfinale wartete Österreich. Der Erzrivale galt als ausgesprochen stark und das hohe 6 : 1 der Deutschen kam einer echten Sensation gleich.

Ungarn musste auf seinem Weg ins Finale nacheinander die beiden Endspielgegner der vorangegangenen WM aus dem

**1894 folgt der erste Fußballklub Österreichs: »First Vienna Football Club« (FC Vienna).**

Weg räumen. Sowohl Brasilien als auch Uruguay wurden in zwei spektakulären Begegnungen, die viel Kraft kosteten, jeweils mit 4 : 2 besiegt.

## Der »Geist von Spiez«

Inzwischen bereiteten sich die Deutschen im kleinen Schweizer Städtchen Spiez am Thuner See auf das Finale vor. Dieses Trainingslager wurde später als »Geist von Spiez« zu einem geflügelten Wort, wann immer es darum ging, einer Fußballmannschaft Teamgeist nahe zu bringen. Denn es gelang Sepp Herberger, innerhalb der DFB-Elf ein außergewöhnliches »Wir«-Gefühl zu entwickeln.

Und dann kam der 4. Juli 1954, der Tag, der – so kann man ohne Übertreibung sagen – den Wendepunkt in der Geschichte Deutschlands nach dem Zweiten Weltkrieg darstellt. Denn dieses Sportereignis war von enormer Bedeutung für das

*04.07.1954: Deutschland ist Weltmeister!*

**1896 wird in den »Jenaer Regeln« festgelegt, dass in Deutschland die Spielfelder frei von Bäumen und Sträuchern sein müssen.**

Selbstbewusstsein eines ganzen Volkes, das noch immer unter den Folgen des selbst verschuldeten und verlorenen Krieges litt. Deutschland war damals noch keine Sportmacht wie heute. Die Fußballnationalmannschaft stellte zwar ein gutes, aber keineswegs überragendes Team dar. Und diese Elf stand nun an einem regnerischen Sonntagnachmittag im Berner Wankdorf-Stadion den als übermächtig eingeschätzten Ungarn gegenüber.

Das Spiel begann wie erwartet: Bereits nach acht Minuten lag Ungarn mit zwei Toren in Führung, von denen das erste von Puskas stammte. Doch es sollte sich herausstellen, dass die Aufstellung des nur begrenzt einsatzfähigen Stars ein schwer wiegender Fehler war, da er seiner Mannschaft kaum Impulse geben konnte. Bereits bis zur 18. Minute hatte Deutschland durch Morlock und Rahn zum 2 : 2 gleichgezogen. Ungarn belagerte das deutsche Tor, doch Torhüter Toni Turek war in einer so großartigen Form, dass Radioreporter Herbert Zimmermann den unvergessenen Satz ins Mikrofon brüllte: »Toni, du bist ein Fußballgott!«

Als man schon an eine Verlängerung dachte, stürmte sieben Minuten vor dem Schlusspfiff Linksaußen Helmut Rahn (»Der Boss«) auf vier ungarische Verteidiger zu, trickste sie aus und knallte den Ball ins lange Eck. Kurz darauf stockte den Deutschen noch einmal der Atem – aber ein Tor von Puskas wurde wegen einer umstrittenen Abseitsposition nicht gegeben. Und dann war es geschafft! Deutschland war die nie erwartete Sensation gelungen und hatte der besten Mannschaft der Welt mit 2 : 3 die erste Niederlage nach vier Jahren beigebracht.

Wie gut Ungarn wirklich war, zeigt sich daran, dass die Mannschaft in den kommenden 18 Länderspielen erneut ohne Niederlage blieb. In 60 Spielen zwischen 1949 und 1956 gab es 51 Siege, sieben Unentschieden und nur zwei Niederlagen, bei einem Torverhältnis von 255 : 72. Eine politische Tragödie beendete schließlich die Zeit des großen ungarischen Fußballs. In dem kommunistischen Land kam es am 23. Oktober 1956 zu einem Volksaufstand gegen die politischen Machthaber, der mit Hilfe der Sowjetunion blutig niedergeschlagen wurde. Unter den 200 000 Ungarn, die seinerzeit in den Westen flüchteten, waren auch viele der besten Sportler. Die größten ungarischen Fußballspieler machten dann auch Karriere in anderen europäischen Ländern.

**1899 gibt es den ersten tödlichen Fußballunfall, als D. Jones, Verteidiger von Manchester City und der walisischen Nationalmannschaft, an den Folgen eines Trainingsunfalls stirbt. Im selben Jahr führt England die Transfersumme für einen Spielerwechsel ein. Höchstbetrag: zehn Pfund Sterling, nach heutigem Wert etwa 200 Mark. Im ersten inoffiziellen Länderspiel verliert Deutschland in Berlin gegen England vor 1 500 Zuschauern mit 2 : 13. Zwei weitere Spiele folgen kurz danach. Auch hier gibt's deftige Schlappen.**

**Die Weltmeister von 1954**

Tor: Toni Turek (Fortuna Düsseldorf)

Verteidiger:
Josef Posipal (Hamburger SV),
Werner Kohlmeyer (1. FC Kaiserslautern)

Mittelfeld:
Horst Eckel (1. FC Kaiserslautern),
Werner Liebrich (1. FC Kaiserslautern),
Karl Mai (SpVgg Fürth)

Sturm:
Helmut Rahn (Rot-Weiß Essen),
Max Morlock (1. FC Nürnberg),
Ottmar Walter (1. FC Kaiserslautern),
Fritz Walter (1. FC Kaiserslautern),
Hans Schäfer (1. FC Köln)

## Was der Titelgewinn für Deutschland bedeutete

Deutschland lag nach diesem grandiosen Erfolg im Siegestaumel. Die Heimkehr der Mannschaft wurde zu einem Triumphzug ohnegleichen. Auf die siegreichen Helden regnete es Geschenke, zwar lächerlich im Vergleich zu dem, was heute Profis verdienen, aber für damalige Verhältnisse von enormem Wert. Denn Dinge wie ein neuer Anzug, eine Kiste Zigarren, ein Motorroller, eine Waschmaschine oder eine Urlaubsreise waren für den Normalbürger zu jener Zeit kaum erschwinglich.

Der »Vater« des Sieges aber war der »Chef«: Sepp Herberger. Sein Heimatort Hohensachsen an der Bergstraße machte ihn zum Ehrenbürger, jeder bewunderte jetzt seine genialen Schachzüge während der WM. Meist waren es die gleichen Leute, die ihn vorher noch einen »Stümper« geschimpft hatten. Und das bezog sich nicht nur auf die 3 : 8-Schlappe im Vorrundenspiel gegen die Ungarn. Denn auch kurz vor der WM war es noch zu einem Aufschrei unter den Fans gekommen: Im Mai 1954 hatte der 1. FC Kaiserslautern das Finale um die deutsche Meisterschaft in Hamburg sang- und klanglos mit 1 : 5 gegen den Außenseiter Hannover 96 verloren. Wer nun erwartet hatte, dass Sepp Herberger handeln und den WM-Kader ändern würde, sah sich getäuscht: Er vertraute weiter auf die Akteure aus der Pfalz. Und wie die Aufstellung zeigt, standen in Bern fünf Kaiserslauterer Spieler im Finale. Aus Hannover hingegen war kein einziger Spieler in der Schweiz mit dabei. So ist Fußball . . .

## Der »alte Fritz«

»Star« der deutschen Mannschaft war Fritz Walter, zur WM bereits seit 14 Jahren Nationalspieler. Er war für seinen FCK, aber auch für die Nationalelf, die »Seele« des Spiels. Wie angesehen Fritz Walter ist, beweist die Tatsache, dass das Stadion des 1. FC Kaiserslautern bereits zu seinen Lebzeiten seinen Namen trägt – eine wirklich außergewöhnliche Ehre. Neben Uwe Seeler und Franz Beckenbauer gehört er zu den drei »Ehrenspielführern« der deutschen Nationalmannschaft. Und wenn der »alte Fritz« im Jahr 2000 seinen 80. Geburtstag feiert, werden bestimmt wieder viele Erinnerungen an die damalige Zeit aufgefrischt, Erinnerungen an ei-

**1900 Am 28. Januar wird der »Deutsche Fußball-Verband« gegründet. Dieses Jahr ist auch die Geburtsstunde der Traditionsvereine FC Bayern München, 1. FC Kaiserslautern, 1. FC Nürnberg und Borussia Mönchengladbach.**

*Der »alte Fritz«: Fritz Walter, 1958.*

nen Mann von hohem Können ohne irgendwelche Starallüren.

Übrigens gab es bei der WM in der Schweiz noch einen »Gewinner«: die Fernsehindustrie. Zählte am 1. Januar 1954 die Deutsche Bundespost gerade einmal 11 685 genehmigte Fernsehanschlüsse in Deutschland, belief sich diese Anzahl ein Jahr später auf 84 278 – sicher vor allem ein Verdienst der Fußballübertragungen.

Nach der WM bot die deutsche Nationalmannschaft nur magere Kost: Von den nächsten zehn Länderspielen gingen sieben verloren. Das verleitete den Kapitän der ungarischen Mannschaft, Ferenc Puskas, sogar zu der Behauptung, Deutschland sei im Finale gedopt gewesen. Doch dieser Vorwurf erwies sich letztlich als unhaltbar.

## Der Europacup erwacht zum Leben

Mitte der 50er Jahre erwachte der Fußball in Europa auch auf Vereinsebene. Im internationalen Bereich war hier bis zu diesem Zeitpunkt relativ wenig geboten. Lediglich ein so genannter »Mitropa«-Cup, den Teams aus Italien, Österreich, Ungarn und der Tschechoslowakei zwischen 1927 und 1940 ausspielten, sorgte für Abwechslung. In der Saison 1955/56 wurde nach jahrelangen Vorbereitungen erstmals der Europapokal der Landesmeister ausgespielt, der Vorgängerwettbewerb der Champions League. Es zeigte sich, dass die starken Teams vor allem im Süden des Kontinents beheimatet waren. Real Madrid holte in den ersten fünf Jahren den Pokal quasi im Alleingang. Mit Benfica Lissabon, AC und Inter Mailand blieb der Cup bis ins Jahr 1967, als Celtic Glasgow triumphierte, in Südeuropa. Kein Wunder, kickten in Südeuropa bereits damals hoch bezahlte Berufsfußballer.

Die deutschen Meister waren in jener Zeit international gesehen zweitklassig. Ob Rot-Weiß Essen, Borussia Dortmund oder Schalke 04: Spätestens im Viertelfinale war für die deutschen Titelträger Endstation. Erstmalig stand 1960 mit Eintracht Frankfurt ein deutscher Verein im Finale. Gegen die »Königlichen« von Real Madrid setzte es für die deutschen Freizeitfußballer vom Main jedoch eine deutliche 3 : 7-Niederlage.

Es sollte 15 Jahre dauern, also bis 1974, ehe wieder eine deutsche Mannschaft im Finale dieses Wettbewerbes stand: der FC

**1902 wird Frauen in England das Fußballspielen verboten.**

Bayern München, der diese Trophäe dreimal hintereinander gewann – doch davon später mehr.

## Der Skandal von Göteborg

1958 richteten die deutschen Fans ihr Augenmerk nach Schweden. Dort sollte der Weltmeistertitel verteidigt werden. Die Mannschaft, nach wie vor trainiert von Sepp Herberger und geführt vom inzwischen 38-jährigen Fritz Walter (Lothar Matthäus lässt grüßen!), war einer der WM-Favoriten. Aufhorchen ließ ein junger Mittelstürmer aus Hamburg namens Uwe Seeler, der in den Sechzigerjahren zum Idol des deutschen Fußballs werden sollte.

»Uns Uwe« schoss beim 3 : 1-Sieg im ersten Gruppenspiel gegen Argentinien auch sein erstes WM-Tor. Durch zwei hart umkämpfte 2 : 2-Unentschieden gegen die Tschechoslowakei und Nordirland holte sich Deutschland den Gruppensieg und musste im Viertelfinale gegen Jugoslawien antreten, das nach einem sehr spannenden Spiel mit 1 : 0 besiegt wurde.

Damit stand der Titelverteidiger unter den letzten vier und bekam es mit Gastgeber Schweden zu tun. Bereits im Vorfeld hatten schwedische Zeitungen durch polemische Äußerungen für ein aufgepeitschtes Klima gesorgt. Die Deutschen wurden als »Kriegsfußballer« bezeichnet. Auf den Rängen des ausverkauften Göteborger Ullevi-Stadions sorgten Einpeitscher mit Megafonen dafür, dass unserer Elf blanker Hass entgegenschlug.

Je länger die Partie dauerte, desto mehr übertrug sich diese Atmosphäre auch auf das Spielfeld. Bis zur Pause hatte das Team ein 1 : 1 gehalten, mit einem trotz seines Alters überragenden Spielmacher Fritz Walter. Nach dem Wechsel brachen die Schweden mit überhartem Spiel den

*»Uns Uwe«: Uwe Seeler vom Hamburger SV.*

**1903 gewinnt der VfB Leipzig die erste offizielle Fußballmeisterschaft des Deutschen Reichs. Vor 2 000 Zuschauern in Hamburg gibt es ein deutliches 7 : 2 gegen den DFC Prag.**

*Platzverweis mit Folgen: WM-Halbfinale Deutschland - Schweden am 24.06.1958 in Göteborg.*

Widerstand der Deutschen. Der überforderte Schiedsrichter Istvan Zsolt aus Ungarn übersah eine elfmeterreife Attacke an Rahn im Strafraum und ließ ein brutales Foul an Fritz Walter ebenfalls ungeahndet. Der humpelte ab diesem Zeitpunkt nur noch über den Platz. Eine Revanchetätlichkeit des deutschen Verteidigers Juskowiak am schwedischen Stürmer Hamrin strafte der Unparteiische hingegen mit Platzverweis. Die Folge: Die neun einsatzfähigen deutschen Spieler unterlagen schließlich den Gastgebern mit 1 : 3. Dies war das letzte Länderspiel des großen Fritz Walter, der in der Partie um Platz drei (3 : 6 gegen Frankreich) verletzungsbedingt nicht mehr antreten konnte.

Die Schweden wurden im Endspiel von Brasilien mit 5 : 2 an die Wand gespielt. Diese WM war der Beginn der Karriere des vermutlich besten Fußballspielers aller Zeiten: Edson Arantes do Nascimento, genannt Pelé. Er und sein Team bestimmten auf Jahre den Weltfußball. 1958 schoss der gerade einmal 17-jährige Pelé bereits sechs WM-Tore, zwei davon im Finale.

**1904 wird in Paris der Fußball-Weltverband FIFA gegründet. Mitglieder sind die Verbände Frankreichs, der Schweiz, Dänemarks, Belgiens, der Niederlande, Spaniens und Schwedens. In dieses Jahr fällt auch die Gründung des FC Schalke 04.**

# Die Sechzigerjahre

## Langeweile in Chile

Brasilien war es auch, das 1962 die Weltmeisterschaft in Chile gewann – und das, obwohl Pelé bereits in den Gruppenspielen verletzt ausgeschieden war. Diese Weltmeisterschaft war eine der langweiligsten aller Zeiten. Das hatte auch damit zu tun, dass Fernseh-Liveübertragungen aus technischen Gründen aus dem längsten und schmalsten Land der Welt nicht möglich waren. Aber auch die Spiele selbst litten an mangelnder Spannung. So fielen nur wenige Tore und die Zuschauerbeteiligung ist bis heute die geringste aller Weltmeisterschaften nach dem Krieg.

Die deutsche Elf bekleckerte sich in Südamerika ebenfalls nicht mit Ruhm. Zwar konnte das Team seine Vorrunde als Erster beenden, (durch einen 2 : 1-Sieg gegen die Schweiz, ein 2 : 0 gegen den Gastgeber Chile sowie ein torloses Unentschieden gegen Italien), aber das Schicksal wollte es, dass die deutsche Elf im Viertelfinale zum dritten Mal hintereinander gegen Jugoslawien anzutreten hatte. Doch nach den Siegen 1954 und 1958 konnte das Sprichwort »Aller guten Dinge sind drei« nicht verwirklicht werden: Mit seinem Tor zum 1 : 0 schickte der jugoslawische Stürmer Petar Radakovic die deutsche Mannschaft nach Hause.

Es war dies die letzte Weltmeisterschaft von Bundestrainer Sepp Herberger, der mehr als zweieinhalb Jahrzehnte das Geschick der deutschen Nationalmannschaft gelenkt hatte. Vier Jahre später, in England, war sein damaliger Kotrainer

*Eine Mütze – ein Mann: Bundestrainer Helmut Schön.*

**1905 schließen sich die Verbände Deutschlands und Österreichs der FIFA an. Auch die Transfersummen in England steigen: Für den Wechsel Alf Commons vom FC Sunderland zahlt Middlesborough die Rekordsumme von 1 000 Pfund, umgerechnet 20 000 Mark.**

Helmut Schön für die Aufstellung verantwortlich. Auch ihm sollten große Erfolge gelingen.

## Sepp Herbergers Weisheiten

Unvergessen bleiben neben den Erfolgen die einfachen, aber klugen Fußballweisheiten Sepp Herbergers, der 1977 starb. Die folgenden Sätze hast du sicher schon gehört. Aber hättest du gewusst, von wem sie stammen?

*»Nach dem Spiel ist vor dem Spiel.«*

*»Der Ball ist rund.«*

*»Ein Spiel dauert neunzig Minuten.«*

*»Das nächste Spiel ist immer das schwerste.«*

*»Die Null muss stehen« (sprich: Der Gegner darf kein Tor schießen).*

*»Die Leute gehen zum Fußball, weil sie nicht wissen, wie es ausgeht.«*

## Endlich da: die Bundesliga

Man mag es kaum glauben: Nach Gründung des Deutschen Fußballbundes dauerte es über 60 Jahre, ehe in Deutschland eine erste Liga der besten deutschen Mannschaften eingeführt wurde. Was in anderen Ländern schon längst gang und gäbe war, ließ bei uns lange auf sich warten. Der Grund für die Verzögerung war wie so oft im Leben das liebe Geld. Denn Fußballsport war in Deutschland bis dahin Amateursport: Die Spieler trainierten und spielten nur in ihrer Freizeit – ohne Bezahlung. Vor allem Sepp Herberger hatte sich schon sehr für die Einführung des Profifußballs nach englischem Vorbild eingesetzt. Seine Begründung: »Wenn wir international konkurrenzfähig bleiben wollen, müssen wir auf nationaler Ebene die Anforderungen erheblich erhöhen.«

Als der DFB im Juli 1962 nach langem Hickhack beschloss zur Saison 1963/64 die Bundesliga einzuführen, bewarben sich 46 Vereine aus den fünf Oberligen Nord, Süd, West, Südwest und Berlin um die Aufnahme. 16 Teams waren letztlich dabei, als am 24. August 1963 der Startschuss erfolgte. Nur ein einziger Verein

**1906** **wird England Mitglied der FIFA.**

der »ersten Stunde« – der Hamburger SV – hat es geschafft, vom ersten Spieltag an bis heute ununterbrochen der höchsten Liga anzugehören. Der deutsche Rekordmeister FC Bayern München hatte die Aufnahmebedingungen nicht geschafft und war erst 1965 aufgestiegen.

Die Einführung der Bundesliga erwies sich als Volltreffer. Jede Woche wandern im Durchschnitt über 250 000 Menschen in die Stadien, sitzen Millionen vor dem Radio, warten weitere Millionen ungeduldig auf den Beginn von »ran«, »Sportschau« und Co. Kein Kino, kein Theater, keine Oper begeistert derart viele Menschen. Bestenfalls ein Auftritt der Rolling Stones. Und die werden zunehmend seltener . . .

Wer heute von der Bundesliga spricht, spricht von einem »großen Boom«, also vom großen Geschäft. Ob Eintrittskarten, Fan-Artikel, Einschalt- und Werbequoten im Fernsehen: Vom Fußball leben nicht nur Spieler und Trainer, vom Fußball leben ganze Industrien. Übrigens: Als die Bundesliga laufen lernte, wurde festgelegt, dass ein Spieler bis zu 1 200 Mark im Monat durch den Fußballsport verdienen durfte. So viel kassiert ein durchschnittlicher Bundesligakicker heute am Tag! Und Trikot- oder Bandenwerbung war anfangs ebenfalls verboten. So ändern sich die Zeiten!

**Die deutschen Bundesligameister**

| Jahr | Meister | Tore | Punkte |
|---|---|---|---|
| 1998/1999 | Bayern München | 76 : 28 | 78 |
| 1997/1998 | 1. FC Kaiserslautern | 63 : 39 | 68 |
| 1996/1997 | Bayern München | 68 : 34 | 71 |
| 1995/1996 | Borussia Dortmund | 76 : 38 | 68 |
| 1994/1995 | Borussia Dortmund | 67 : 33 | 49 : 19 |
| 1993/1994 | Bayern München | 68 : 37 | 44 : 24 |
| 1992/1993 | Werder Bremen | 68 : 30 | 48 : 20 |
| 1991/1992 | VfB Stuttgart | 62 : 32 | 52 : 24 |
| 1990/1991 | 1. FC Kaiserslautern | 72 : 45 | 48 : 20 |
| 1989/1990 | Bayern München | 64 : 28 | 49 : 19 |
| 1988/1989 | Bayern München | 67 : 26 | 50 : 18 |
| 1987/1988 | Werder Bremen | 61 : 22 | 52 : 16 |
| 1986/1987 | Bayern München | 67 : 31 | 53 : 15 |
| 1985/1986 | Bayern München | 82 : 31 | 49 : 19 |
| 1984/1985 | Bayern München | 79 : 38 | 50 : 18 |
| 1983/1984 | VfB Stuttgart | 79 : 33 | 48 : 20 |
| 1982/1983 | Hamburger SV | 79 : 33 | 52 : 16 |
| 1981/1982 | Hamburger SV | 95 : 45 | 48 : 20 |
| 1980/1981 | Bayern München | 89 : 41 | 53 : 15 |
| 1979/1980 | Bayern München | 84 : 33 | 50 : 18 |
| 1978/1979 | Hamburger SV | 78 : 32 | 49 : 19 |
| 1977/1978 | 1. FC Köln | 86 : 41 | 48 : 20 |
| 1976/1977 | Bor. M´gladbach | 58 : 34 | 44 : 24 |
| 1975/1976 | Bor. M´gladbach | 66 : 37 | 45 : 23 |
| 1974/1975 | Bor. M´gladbach | 86 : 40 | 50 : 18 |
| 1973/1974 | Bayern München | 95 : 53 | 49 : 19 |
| 1972/1973 | Bayern München | 93 : 29 | 54 : 14 |
| 1971/1972 | Bayern München | 101 : 38 | 55 : 13 |
| 1970/1971 | Bor. M´gladbach | 77 : 35 | 50 : 18 |
| 1969/1970 | Bor. M´gladbach | 71 : 29 | 51 : 17 |
| 1968/1969 | Bayern München | 61 : 31 | 46 : 22 |
| 1967/1968 | 1. FC Nürnberg | 71 : 37 | 47 : 21 |
| 1966/1967 | Eintr. Braunschweig | 49 : 27 | 43 : 25 |
| 1965/1966 | TSV 1860 München | 80 : 40 | 50 : 18 |
| 1964/1965 | Werder Bremen | 54 : 29 | 41 : 19 |
| 1963/1964 | 1. FC Köln | 78 : 40 | 45 : 15 |

Zur Einführung der Bundesliga galt die Regel, dass es für einen Sieg zwei Pluspunkte, für ein Unentschieden je einen Plus- und einen Minuspunkt und für eine Niederlage zwei Minuspunkte gab. Seit der Saison 1995/1996 werden für einen Sieg drei Punkte, für ein Unentschieden ein Punkt und für eine Niederlage null Punkte vergeben. Minuspunkte gibt es seitdem nicht mehr.

**1908** **gewinnt die englische Amateurnationalmannschaft das olympische Turnier in London durch ein 2 : 0 gegen Dänemark. Der Sieg im ersten echten weltweiten Turnier.**

## Das verflixte dritte Tor

Im Juli 1966 stand dem deutschen Fußball die nächste große Prüfung bevor: die WM in England. Seit 1964 hatte das Team einen neuen Bundestrainer. Helmut Schön hatte Sepp Herberger abgelöst und von ihm auch gleich einen Sack an Problemen übernommen. Bereits damals waren viele deutsche Spieler, ähnlich wie heute, ins Ausland abgewandert. Denn obwohl es ja nun die Bundesliga gab, war mit Fußball in Deutschland anfangs noch nicht viel Geld zu verdienen. Ganz anders in Italien. Schon zu Beginn der Sechzigerjahre hatte es deswegen die ersten deutschen Stars in den sonnigen Süden gezogen: etwa den Mönchengladbacher Albert Brülls, den Karlsruher Horst Szymaniak, den Augsburger Helmut Haller oder den Kölner Karl-Heinz Schnellinger. Diese Spieler gehörten zu den Leistungsträgern der Nationalelf und für einen Nationaltrainer war es damals noch schwieriger als heute, die Freigabe seiner Spieler gegen die Interessen des ausländischen Vereins durchzuboxen.

Dazu kam, dass in der Qualifikation zur WM mit Schweden ein schwerer Gegner für Deutschland ausgelost worden war. Seit 1911 hatte man in Schweden nicht mehr gewonnen. Und auch die Erinnerung an 1958 war noch in vielen Köpfen wach. Nachdem das Hinspiel in Deutschland nur 1 : 1 geendet hatte, war die Gefahr für das deutsche Team groß zum ersten Mal überhaupt bei einer WM-Endrunde nicht dabei zu sein. Da Helmut Schön wegen Verletzungen große Personalnot hatte, entschloss er sich einem 20-jährigen im Mittelfeld zu seinem ersten Ländermatch zu verhelfen. Der junge Mann hieß Franz Beckenbauer und spielte großartig. Und zur Überraschung vieler

*26.09.1965: Franz Beckenbauer in seinem ersten Länderspiel.*

**1909** wird zur Disziplinierung des bis dahin recht wilden Spiels der Platzverweis eingeführt.

*Das verflixte »dritte Tor« für England.*

gelang Deutschland in Schweden ein 2 : 1-Sieg. Damit war die Fahrkarte nach England gelöst.

In der Endrunde begann das junge deutsche Team überragend: Die Schweiz wurde mit 5 : 0 deklassiert, gegen Argentinien gab es ein 0 : 0 und nach einem 2 : 1 gegen Spanien war Deutschland Gruppensieger. Im Viertelfinale wartete Uruguay. Die Südamerikaner verloren zwei Spieler durch Platzverweis und das Spiel mit 4 : 0. Auch die Sowjetunion mit dem damals besten Torhüter der Welt, Lew Jaschin, vermochte im Halbfinale das glänzend aufgelegte deutsche Team nicht zu stoppen. Am Ende hieß es 2 : 1 für Deutschland. Das erhoffte Finale war geschafft. Und der gefürchtete Gegner, gegen den es noch nie einen Sieg in einem Länderspiel gegeben hatte, hieß England.

Das Endspiel am 30. Juli 1966 vor 96 924 Zuschauern im Londoner Wembley-Stadion war ohne Übertreibung eines der spannendsten Sportereignisse des 20. Jahrhunderts. Einer der sechs Treffer wird für alle Zeiten die Diskussionen der Fans erhitzen: das berühmte »dritte Tor« der Briten, das vermutlich keines war . . .

Nach großem Kampf hatte es nach 90 Minuten 2 : 2 gestanden, wobei Deutschland erst Sekunden vor dem Abpfiff der Ausgleich gelungen war. In der 101. Minute jagte der englische Mittelstürmer Geoffrey Hurst den Ball an die Unterseite der Latte. Von dort aus prallte er senkrecht nach unten, ehe ihn der deutsche Verteidiger Wolfgang Weber zur Ecke köpfte.

Hatte das Leder nun die Torlinie überschritten oder nicht? Die Engländer jubelten, die Deutschen protestierten. Der Schweizer Schiedsrichter Gottfried Dienst

**1912 werden die Rechte des Torwarts wesentlich eingeschränkt. Durfte er bis dahin den Ball in der gesamten eigenen Hälfte mit der Hand spielen, so genießt er dieses Privileg ab sofort nur noch im eigenen Strafraum.**

war sich seiner Sache nicht sicher. Er befragte den russischen Linienrichter Tofik Bachramow, der im Übrigen viel schlechter postiert war als der Schiri selbst. Doch Bachramow entschied auf Tor! Damit stand es 3 : 2 für England. Dass kurz darauf Hurst aus Abseitsposition noch das 4 : 2 erzielte, spielte keine Rolle mehr: England hatte zum ersten und bis heute einzigen Mal den WM-Titel gewonnen.

## Die Pleite von Tirana

Neben der Fußballweltmeisterschaft wurde ein anderer Wettbewerb für Nationalteams zunehmend populärer: die Europameisterschaft. Zwar war dieser Wettbewerb bereits 1960 erstmalig ausgetragen worden, aber das Publikum hatte ihn kaum angenommen. Auch bei der zweiten Ausrichtung 1964 hielt sich die Begeisterung noch in Grenzen – auch das deutsche Team glänzte, neben vielen anderen, durch Abwesenheit. Als der Wettbewerb im Herbst 1967 in seine dritte Runde ging, war Deutschland neben 30 weiteren Verbänden endlich mit von der Partie – und erlebte eine beispiellose Pleite.

Dabei hatte es so harmlos begonnen: Mit Jugoslawien und Albanien hatten die Mannen von Helmut Schön nur zwei Vorrundengegner zugelost bekommen. Die Albaner wurden auch gleich mit 6 : 0 nach Hause geschickt und nach einem 0 : 1 und 3 : 1 gegen Jugoslawien hätte ein knapper Sieg beim Rückspiel in Albanien genügt. Doch das deutsche Team mit all seinen Stars blamierte sich eine Woche vor dem Heiligen Abend des Jahres 1967 in der Hauptstadt Tirana mit einem 0 : 0 bis auf die Knochen und schied schon in der Vorrunde aus. Damals wie heute: Neben all den Triumphen blieben auch die Pleiten für den deutschen Fußball niemals aus.

**1916 wird erstmals eine Frau Vereinsvorsitzende: Christine Schuermann leitet Westfalia Schalke – einen Vorgängerklub des erst 1924 in der heutigen Form gegründeten FC Schalke 04.**

# Die Siebzigerjahre

## Alles Müller – oder was?

Eine Beinahe-Pleite hatte es auch in der Qualifikation zur WM 1970 gegeben. Nur mit Mühe gewann das deutsche Team in Zypern mit 1 : 0 und sicherte sich erst in einem weiteren dramatischen 3 : 2-Sieg gegen Schottland die Fahrkarte nach Mexiko. Dort sollte es einen der schönsten Titelkämpfe aller Zeiten geben. Vor allem im Sturm hatte Helmut Schön die Qual der Wahl: Da gab es zum einen den in vielen Schlachten erfahrenen Uwe Seeler, der bereits 1958 in Schweden mit dabei gewesen war. Und dann war da ein junges, viel versprechendes Talent vom FC Bayern München namens Gerd Müller. Wen von beiden sollte Schön nur einsetzen?

Nun, er entschied sich für beide und wurde für seinen Mut belohnt: Die zwei Mittelstürmer erzielten in diesem Turnier zusammen 13 Tore – Müller zehn, womit er Torschützenkönig wurde, und Seeler drei. Diese Weltmeisterschaft war somit die Geburtsstunde des besten deutschen »Torjägers« aller Zeiten.

Eigenartigerweise hat Gerd Müller den Beinamen »Bomber«. Eigentlich zu Unrecht. Denn beim Fußball ist ein »Bomber« ein schussstarker Stürmer, der mit knallharten Schüssen den gegnerischen Torwart in Angst und Schrecken versetzt. Müller hingegen war eher der Typ »Abstauber«, der im Strafraum mit nahezu todsicherem Instinkt wusste, wohin der Ball kommen würde. »Kleines dickes Müller«, wie ihn sein ehemaliger Trainer »Tschik« Cajkovski liebevoll nannte, hält Rekorde, die in unserer schnelllebigen Zeit wohl nicht mehr überboten werden. Er schoss bei den Weltmeisterschaften 1970 und 1974 zusammen 14 Tore – mehr als je ein Stürmer vor oder nach ihm. Er erzielte insgesamt 68 Länderspieltore in 62 Spielen. Und auch seine 365 Bundesligatreffer sind unübertroffen. Der stille Nördlinger war Welt- und Europameister, holte mit dem FC Bayern alle Titel, die man sich denken kann – und genießt heute ein zurückgezogenes Leben im Umfeld seines Klubs FC Bayern München.

## Die Revanche für Wembley

Die WM 1970 in Mexiko gilt als eines der spannendsten Turniere aller Zeiten. Vielleicht auch deswegen, weil erstmals pro

**1922 trennen sich der 1. FC Nürnberg und der Hamburger SV im Finale um die deutsche Fußballmeisterschaft in zwei dramatischen Endspielen 2 : 2 bzw. 1 : 1, weswegen keine Mannschaft den Titel zugesprochen bekommt. Seitdem hat es – außer in den Nachkriegsjahren 1945 bis 1947 – immer einen Titelträger gegeben.**

*Revanche für Wembley: Gerd Müller erzielt das 3 : 2 gegen England.*

Team zwei Spieler ausgewechselt werden durften. Dies war gerade in der Hitze Mexikos für die Mannschaften sehr wichtig: Sie konnten auf diese Weise ihre Kräfte besser einteilen. Die Vorrunde schien für Deutschland mit Marokko, Peru und Bulgarien keine »harten Brocken« aufzuweisen. Doch gegen die Nordafrikaner gab's zum Auftakt nur ein mühevolles 2 : 1. Ein toll herausgespieltes 5 : 2 gegen Bulgarien und ein 3 : 1 gegen Peru hingegen machten Lust auf mehr.

Diese Erwartung wurde erfüllt. Ausgerechnet zur größten Mittagshitze um zwölf Uhr Ortszeit fand am 14. Juni 1970 in Leon zwischen Deutschland und England die Revanche für das Finale von Wembley statt: Bei diesem Viertelfinalspiel standen immerhin auf jeder Seite noch fünf Spieler der legendären Partie von 1966. Und sie drohte auch ähnlich zu enden wie damals. England führte 2 : 0 und kontrollierte das Spiel, als Trainer Alf Ramsey ein verhängnisvoller taktischer Fehler unterlief: Er wechselte den englischen Spielmacher Bobby Charlton aus, um ihn fürs Halbfinale zu schonen. Und dies, obwohl Franz Beckenbauer nach ei-

**1930 holt sich in Montevideo Uruguay die erste Fußballweltmeisterschaft mit einem 4 : 2-Sieg über Argentinien.**

nem Torwartfehler kurz zuvor der 1 : 2-Anschlusstreffer gelungen war. Acht Minuten vor Spielende sorgte Uwe Seeler mit dem Hinterkopf für den Ausgleich: 2 : 2 – wie vier Jahre zuvor!

Doch in der Verlängerung waren diesmal die Deutschen die Glücklicheren. Gerd Müller war's, der in der 109. Minute das 3 : 2 schoss und die Revanche für Wembley gelingen ließ. Dies war der zweite Sieg gegen England überhaupt. Erst zwei Jahre zuvor, 1968, hatte Deutschland das britische Team beim 1 : 0 in Hannover zum allerersten Mal besiegt.

## Das Jahrhundertspiel

Wer gedacht hatte, diese Spannung ließe sich nicht mehr steigern, wurde vier Tage später in Mexico City eines Besseren belehrt. Das Halbfinalspiel zwischen Deutschland und Italien ist für viele Experten das dramatischste Fußballspiel, das es je gegeben hat. Kein Krimi-Regisseur hätte sich einen solchen Ablauf einfallen lassen können. Italien ging bereits nach acht Minuten in Führung. Alle Angriffe der Deutschen scheiterten entweder an der Abwehr des Gegners oder an den seltsamen Entscheidungen des mexikanischen Schiedsrichters Yamasaki. Zu den Merkwürdigkeiten gehörte auch, dass er ohne erkennbaren Grund einige Minuten nachspielen ließ, was ausgerechnet der in Italien spielende Verteidiger Karl-Heinz Schnellinger zum 1 : 1 nutzte.

Das Geschehen der unglaublichen Verlängerung im Telegrammstil: 95. Minute 2 : 1 für Deutschland durch Gerd Müller, vier Minuten später Ausgleich für die Ita-

*Ausgleich mit »Köpfchen«: Gerd Müller schafft das 3 : 3 im »Jahrhundertspiel« gegen Italien.*

**1933 tragen beim englischen Cup-Finale die Spieler erstmals Rückennummern, und zwar sind sie durchnummeriert: von 1 bis 11 der FC Everton, von 12 bis 22 Manchester City. Auswechselspieler gibt es damals noch nicht.**

liener. Fünf Minuten später 3 : 2 für Italien, wieder fünf Minuten später 3 : 3 durch Gerd Müller. Praktisch im Gegenzug fiel das 4 : 3 für Italien – und dem hatte Deutschland, trotz einiger Chancen, nichts mehr entgegenzusetzen.
Trostpflaster blieb der dritte Platz durch einen 1 : 0-Sieg über Uruguay. Die Italiener hingegen waren durch die Schlacht gegen Deutschland derart ausgelaugt, dass sie im Finale den großartig auftrumpfenden Brasilianern sang- und klanglos mit 1 : 4 unterlagen.

## Eine »Traumelf« wird geboren

Das Niveau, das die deutsche Mannschaft in Mexiko geboten hatte, konnte sie im Großen und Ganzen über viele Jahre lang halten. Ihre auch spielerisch beste Leistung aller Zeiten zeigte sie vermutlich bei der Europameisterschaft 1972. Das Viertelfinale bescherte zunächst – wieder einmal – England zum Gegner. Am 29. April wurde endlich wahr, worauf deutsche Fußballfans ein Dreivierteljahrhundert gewartet hatten: Im Londoner Wembley-Stadion gab es mit 3 : 1 den allerersten Auswärtssieg gegen den Gegner von der Insel.
Anfang der Siebzigerjahre beherrschten zwei Mannschaften den deutschen Fußball, die auch fast identisch mit der Nationalelf waren. Da war zum einen die Bayern-Achse mit dem urigen Torwart Sepp Maier, dem genialen Libero Franz Beckenbauer und dem unnachahmlichen Torjäger Gerd Müller. Ihnen zur Seite standen Georg »Katsche« Schwarzenbeck, Paul Breitner und Uli Hoeneß. Diese sechs Bayern-Spieler wurden vor allem ergänzt durch zwei Mönchengladbacher Stars: den intelligenten Mittelfeldregisseur Günter Netzer und dessen Helfer Herbert »Hacki« Wimmer. Hinzu kamen Spieler wie der Bremer Horst Höttges, der Dortmunder Siegfried Held oder der Schalker Erwin Kremers. Dieses Team holte sich in Belgien überlegen den Europameisterschaftstitel 1972 mit einem 2 : 1-Halbfinalsieg gegen den Gastgeber und einem 3 : 0-Finalerfolg gegen die Sowjetunion.

## Der »Schuss vor den Bug«

War 1972 kein einziges Länderspiel verloren gegangen, setzte es im Jahr darauf bei zehn Spielen drei Niederlagen in Freundschaftsspielen gegen Brasilien, Argentinien und Jugoslawien. Trotzdem waren die deutschen Fußballfans guter Dinge, dass ihr Team 1974 bei der ersten Weltmeisterschaft auf deutschem Boden erfolgreich sein würde. Der Optimismus hatte mehrere Gründe: Als Gastgeber war man automatisch qualifiziert. Der Titelverteidiger Brasilien war längst nicht mehr so stark wie in den Jahren zuvor. Und viele prominente europäische Nationen hatten sich nicht für die Endrunde qualifizieren können, darunter England, Österreich, die Tschechoslowakei, Frankreich, Ungarn und Portugal – alles Teams,

**1934 wird der 1. FC Nürnberg vor 55 000 Zuschauern in Düsseldorf erster deutscher Pokalsieger. Im Finale wird der FC Schalke 04 mit 2 : 0 bezwungen.**

*Helmut Schön und seine »Traumelf«: Europameister 1972.*

dass beide Mannschaften in der Vorrunde gegeneinander antreten mussten. So absurd es klingt: Gerade weil der Außenseiter DDR dieses Duell mit 1 : 0 gewann, wurde die Bundesrepublik später Weltmeister. Nach dem Finale sagte der Kapitän des Weltmeisters, Franz Beckenbauer: »Die Niederlage gegen die DDR war heilsam. Und wir müssen uns heute bei unseren Freunden in Dresden und Leipzig für diesen Schuss vor den Bug bedanken.«

Dieser »Schuss vor den Bug« gelang übrigens in der 77. Minute Jürgen Sparwasser vom 1. FC Magdeburg.

Trotz des 0 : 1 gegen die DDR belegte die Bundesrepublik dank

die schon einmal im Halbfinale gestanden hatten. Spanien und die Sowjetunion fehlten ebenfalls.

Dafür – und zwar zum einzigen Mal in der WM-Geschichte – nahmen zwei deutsche Teams teil: der große Favorit Bundesrepublik Deutschland (BRD) und der Außenseiter Deutsche Demokratische Republik (DDR). Das Schicksal wollte es,

zweier blasser Siege gegen Australien (3 : 0) und Chile (1 : 0) den zweiten Platz in der Vorrunde und kam somit weiter. Doch das Spiel gegen den anderen Teil Deutschlands sollte im wahrsten Sinne des Wortes einzigartig bleiben. Nie wieder bis zur Wiedervereinigung der beiden deutschen Staaten im Jahr 1990 spielten die beiden Teams gegeneinander. Der

**Zwischen 1934 und 1942 holt sich der FC Schalke 04 sechsmal den deutschen Meistertitel.**

Sieg gegen den »feindlichen Bruder« sollte für die DDR übrigens der letzte bei dieser WM bleiben: Gegen Brasilien, Argentinien und Holland bekam man kein Bein mehr auf die Erde.

## Ein Ruck geht durch die Elf

Für die Bundesrepublik dagegen ging das Turnier nach der Niederlage noch einmal von vorne los. Allerdings war sie jetzt nicht mehr der hohe Favorit, sondern Fans und Medien zeigten sich eher skeptisch. Aber durch die Elf ging ein Ruck. Vor allem einer nahm das Heft in die Hand: Kapitän Franz Beckenbauer. Es war kein Geheimnis, dass er mit dem Bundestrainer die Mannschaftsaufstellung durchsprach. Nach den enttäuschenden Spielen kritisierte der »Kaiser« sogar öffentlich bestimmte Spieler für deren lasche Einstellung. Trainer Helmut Schön folgte seinem genialen Libero und stellte die Mannschaft um. Mit Erfolg.
Die Ersten, die das zu spüren bekamen, waren »alte Bekannte«: Jugoslawien wurde mit 2 : 0 besiegt und die Fans rieben sich die Augen. Die bundesdeutsche Mannschaft, die bis dahin müde und überheblich aufgetreten war, kämpfte auf einmal um jeden Ball. Gegen die Schweden, die bis dahin im gesamten Turnier erst ein Gegentor kassiert hatten, ging es im gleichen Stil weiter. 4 : 2 hieß das Endergebnis. Und nachdem auch die Überraschungself der WM, Polen, in einer wahren Wasserschlacht (vor und während des Spiels hatte es sintflutartig gegossen) mit 1 : 0 besiegt wurde, stand fest:

*22.06.1974: Jürgen Sparwasser auf dem Weg zum Siegtreffer für die DDR-Auswahl.*

**1936 und 1938 blamiert sich die deutsche Nationalmannschaft bei zwei bedeutenden Turnieren. Bei den Olympischen Spielen in Berlin scheidet sie im Viertelfinale mit 0 : 2 gegen Norwegen aus, bei der WM 1938 in Frankreich mit 1 : 1 und 2 : 4 im Achtelfinale gegen die Schweiz.**

Deutschland würde gegen Holland um den WM-Titel kämpfen. Und die Niederländer hatten bis dahin Fußball vom Feinsten geboten!

## Schock in der ersten Minute

Kaum war am Nachmittag des 7. Juli 1974 im Münchener Olympiastadion der Anpfiff erklungen, schien das Drama auch gleich seinen Lauf zu nehmen. Sofort nach dem Anstoß setzte der großartige holländische Spielmacher Johan Cruyff zu einem Sturmlauf bis in den deutschen Strafraum an. Der heutige Bayern-Manager Uli Hoeneß foulte ihn, den Elfmeter verwandelte Johan Neeskens. Was für ein Auftakt! Deutschland lag, ohne den Ball auch nur einmal berührt zu haben, mit 0 : 1 zurück. Die Zuschauer, sofern sie für das deutsche Team waren, ahnten Schlimmes, denn die Holländer zeigten sich ihrem Gegner in jeder Hinsicht überlegen. Es war nur eine Frage der Zeit, wann das 2 : 0 fallen würde.

Doch wieder einmal kam es anders: In der 25. Minute foulte Jansen den deutschen Linksaußen Bernd Hölzenbein und Paul Breitner verwandelte den Strafstoß mit betonter Lässigkeit zum Ausgleich. Die Niederländer waren geschockt. Erst recht, als die deutsche Mannschaft zwei Minuten vor der Halbzeitpause durch ein meis-

*07.07.1974: Zum zweiten Mal Weltmeister!*

**1945 schließt die FIFA nach dem Zweiten Weltkrieg Deutschland aus der Fußball-Weltgemeinschaft aus und untersagt jeglichen Spielverkehr mit deutschen Mannschaften.**

terhaftes Tor von Gerd Müller in Führung ging.
Dieses 2 : 1 sollte bereits der Endstand sein. Denn alle wütenden Angriffe der technisch besseren Holländer prallten an der deutschen Abwehr ab. Und was dennoch bis zum Tor kam, wurde eine Beute des großartigen Torhüters Sepp Maier. Als der englische Schiedsrichter Taylor vor 80 000 Zuschauern das Spiel abpfiff, hatte Deutschland zum zweiten Mal die Weltmeisterschaft gewonnen.
Aber die Freude hielt nicht lange. Hatten beim ersten Titelgewinn 1954 noch begeisterte Freizeitfußballer die WM-Trophäe nach Deutschland geholt, standen diesmal gut bezahlte Profis auf dem Platz, die um Prämien und Profite feilschten. Fußball war in den vergangenen Jahren zum Beruf geworden und da ist es wie in jedem anderen Job normal, dass der Einzelne das Beste für sich herausholt. So gab es während des gesamten Turniers Diskussionen um die Erfolgsprämie, weil der DFB vergessen hatte diese vor der WM festzulegen. Sie lag schließlich bei 60 000 Mark pro Spieler, für heutige Verhältnisse eher wenig.
Noch ein anderes Thema trübte den Abschluss der WM: Die kleinlichen DFB-Funktionäre verboten den Frauen der Spieler die Teilnahme bei der abschließenden Siegesfeier. Dies erboste einige Spieler so, dass sie ihren Rücktritt von der Nationalmannschaft bekannt gaben: Gerd Müller, Wolfgang Overath, Jürgen Grabowski und einige Spieler, die während der WM nicht zum Einsatz gekommen waren. Auch Paul Breitner trat zunächst zurück, feierte aber nach einer siebenjährigen Länderspielpause 1981 noch einmal ein Comeback im Länderspieldress.

**Die Weltmeister von 1974**

Tor:
Sepp Maier (FC Bayern München)

Libero:
Franz Beckenbauer (FC Bayern München)

Verteidiger:
Berti Vogts (Borussia Mönchengladbach), Georg Schwarzenbeck (FC Bayern München), Paul Breitner (FC Bayern München)

Mittelfeld:
Rainer Bonhof (Borussia Mönchengladbach), Wolfgang Overath (1. FC Köln), Uli Hoeneß (FC Bayern München)

Sturm:
Jürgen Grabowski (Eintracht Frankfurt), Gerd Müller (FC Bayern München), Bernd Hölzenbein (Eintracht Frankfurt)

**1949 wird das Spielverbot wieder aufgehoben. Bei einem Flugzeugabsturz kommen alle Spieler des italienischen Spitzenklubs AC Turin ums Leben.**

## Der Bundesligaskandal

Als Deutschland seinen zweiten WM-Titel gewann, war gerade die zehnte Saison der Fußballbundesliga zu Ende gegangen. Und sie hatte sich zu diesem Zeitpunkt mit Mühe von einem großen Skandal erholt: In der Saison 1971/72 waren zahlreiche Spiele manipuliert worden. Die Bombe platzte, als der Präsident der Offenbacher Kickers, Horst Gregorio Canellas, nach dem Abstieg der Offenbacher dem Bundestrainer Helmut Schön und mehreren Journalisten bei einer Geburtstagsfeier ein Tonband vorspielte. Darauf waren Mitschnitte von Telefongesprächen zu hören, in denen Canellas Spieler bestechen und Spiele manipulieren wollte, um die abstiegsbedrohten Kickers zu retten.

Die Folge: Alle mit Kickers Offenbach in Verbindung gebrachten Vereine und Spieler mussten sich vor den Gerichten des Deutschen Fußballbundes verantworten. Dabei kam Folgendes heraus: Bei den diversen Mauscheleien waren rund zwei Millionen Mark Bestechungs- und Schweigegelder verteilt worden. Es kam zu harten Urteilen. Betroffen waren sechs Vereinsfunktionäre, drei Trainer und 52 Spieler aus sieben Vereinen, darunter mehrere Nationalspieler. Die meisten von ihnen wurden später begnadigt und machten – wie zum Beispiel der Schalker Mittelstürmer Klaus Fischer – noch eine große Karriere.

Doch Leidtragender war die Fußballbundesliga. Die Zuschauerzahlen sanken in den Keller und wäre die Nationalelf nicht Weltmeister geworden, wer weiß, wie sich die Liga weiterentwickelt hätte. Aber so bewahrheitete sich wieder einmal die Tatsache, dass wir Menschen bereit sind negative Erlebnisse schnell zu vergessen und uns lieber erfreulichen Ereignissen zuwenden. Und so war – und ist – es auch beim Fußball. Einen Skandal wie vor 30 Jahren hat es übrigens in der Bundesliga bis heute Gott sei Dank nie mehr gegeben. Jedenfalls wurde keiner aufgedeckt . . .

## Die ersten Europapokal-Erfolge

Dass es mit dem Fußball in Deutschland wieder bergauf ging, ist nicht zuletzt den ersten Erfolgen im Europacup zu verdanken und hier vor allem im Wettbewerb der Pokalsieger. Trotz Einführung der Bundesliga spielten die deutschen Meister im europäischen Geschehen erstaunlicherweise zunächst keine große Rolle. Oft mit viel Pech schieden sie im Europacup meist relativ früh aus. Im Europapokal der Pokalsieger war dies anders. Bereits 1965 stand mit dem TSV 1860 München erstmalig eine Bundesligamannschaft im Finale dieses Wettbewerbs, scheiterte allerdings mit 0 : 2 am englischen Cupsieger West Ham United. Doch bereits im Jahr darauf gab es hier den ersten deutschen Sieger. In Glasgow besiegte am 5. Mai 1966 Borussia Dortmund den weit höher eingeschätzten FC Liverpool mit 2 : 1 nach Verlängerung. Am anderen Morgen staunten einige Dortmunder Bür-

**1950 wird Deutschland wieder Mitglied der FIFA, darf aber noch nicht an der Weltmeisterschaft teilnehmen, bei der Uruguay überraschend Sieger wird. Das hoch favorisierte Brasilien wird in Rio mit 2 : 1 besiegt.**

*Die jubelnden Europapokalsieger von 1966: Borussia Dortmund.*

ger nicht schlecht, als sie die Rollläden ihrer Schlafzimmer hochzogen. Begeisterte Fans hatten viele Häuser schwarz und gelb angestrichen – also in den Vereinsfarben der Borussia.
Im Jahr darauf machte erstmals der FC Bayern München international auf sich aufmerksam – ebenfalls im Wettbewerb der Cupsieger. Die Elf um den kleinen schlitzohrigen jugoslawischen Trainer »Tschik« Cajkowski hatte sich mit Glück und Geschick bis ins Finale gekämpft, das

**1952 kommt es zur Gründung des europäischen Verbandes UEFA.**

1967 in Nürnberg stattfand. Dort warteten die bärenstarken Schotten von Celtic Glasgow, die ihrerseits Borussia Dortmund, den Titelverteidiger, aus dem Wettbewerb geworfen hatten. Noch kannte die blutjungen Münchner Spieler namens Maier, Beckenbauer oder Müller kaum jemand. Doch an diesem Abend sollte sich das ändern. In der Verlängerung – nach 90 Minuten war kein Treffer gefallen – schoss Franz Roth, genannt »Bulle«, das überraschende 1 : 0-Siegestor. Allerdings sollte es noch einige Jahre dauern, ehe die Bayern auch im Cup der Landesmeister für Aufsehen sorgen durften.

## Fußball in der DDR

Sieben Jahre später – also 1974 – gewann wieder eine deutsche Mannschaft den Europapokal der Pokalsieger. Diesmal ein Team aus dem »anderen« Teil Deutschlands: der DDR-Cupsieger 1. FC Magdeburg. In dieser Mannschaft stand mit Jürgen Sparwasser der Spieler, der 1974 das 1 : 0 im WM-Spiel gegen die Bundesrepublik geschossen hatte. Magdeburg gewann mit 2 : 0 gegen den AC Mailand und sorgte für einen von zwei großen Titelerfolgen des DDR-Fußballs überhaupt. Der zweite war der Olympiasieg der DDR 1976 in Montreal. Dort gewann die Mannschaft von Trainer Georg Buschner im Finale mit 3 : 1 gegen Polen.

Dass der DDR-Fußball es nicht zu mehr Erfolgen brachte, lag an mehreren Dingen. Zum einen konnten die Spieler innerhalb der DDR-Oberliga nicht frei wechseln – außer zum BFC Dynamo Ost-Berlin. Dieser Verein galt als allmächtiger »Stasi«-Klub, in dem der verhasste Chef der »Staatssicherheit« Erich Mielke das große Sagen hatte. So verhasst der BFC Dynamo bei vielen DDR-Fans war, so erfolgreich war er im nationalen Bereich. Kein Wunder: Denn für die besten Spieler der DDR-Oberliga war es eine unausgesprochene Pflicht, nach Berlin zu wechseln, sobald sich ihr Talent zeigte. Der zweite Grund für geringe DDR-Erfolge lag in den fehlenden internationalen Testspielen der Klubs. Meist ging es nur gegen Gegner aus Polen, Rumänien oder Bulgarien, da die Funktionäre Angst vor Fluchtversuchen der Spieler hatten. So konnte kaum internationale Erfahrung gewonnen werden. Außer in Europacup-Begegnungen und in denen schied man meist relativ früh aus. So ist die Geschichte des DDR-Fußballs unter internationalem Blickwinkel relativ schnell erzählt.

Der Deutsche Fußballverband (DFV) der einstigen DDR wurde 1952 in den Fußball-Weltverband (FIFA) aufgenommen. In diesem Jahr gab es auch nach mehreren inoffiziellen Vergleichen das erste offizielle Länderspiel beim 0 : 3 in Warschau gegen Polen. Immerhin zwei Spielern, Joachim Streich und Hans-Jürgen Dörner, gelang es, in den exklusiven Klub der Spieler aufgenommen zu werden, die zu mehr als 100 Länderspieleinsätzen kamen. Etwas, was bislang nur sechs deutschen Spielern gelang.

**1954 besiegt im Endspiel der Fußballweltmeisterschaft der krasse Außenseiter Deutschland in Bern das als unschlagbar geltende Ungarn mit 3 : 2.**

**Die deutschen Rekordnationalspieler**

| Spieler | Anzahl der Länderspiele |
|---|---|
| Lothar Matthäus | 142 |
| Jürgen Klinsmann | 108 |
| Jürgen Kohler | 105 |
| Franz Beckenbauer | 103 |
| Joachim Streich | 102 |
| Hans-Jürgen Dörner | 100 |
| Thomas Häßler | 97 |
| Berti Vogts | 96 |
| Karl-Heinz Rummenigge | 95 |
| Sepp Maier | 95 |
| Rudi Völler | 90 |
| Andreas Brehme | 86 |
| Andreas Möller | 85 |
| Wolfgang Overath | 81 |
| Karlheinz Förster | 81 |
| Toni Schumacher | 76 |
| Guido Buchwald | 76 |

Übrigens: Die ehemalige DDR hat noch jede Menge guter Spieler hervorgebracht, von denen heute viele in der Bundesliga oder gar in der Nationalelf kicken, wie zum Beispiel Ulf Kirsten, Matthias Sammer, Dariusz Wosz, Andreas Thom, Alexander Zickler, Michael Ballack, Olaf Marschall, Uwe Rösler, Thomas Linke, Jens Jeremies, Stefan Beinlich, Sven Kmetsch, Marco Rehmer, Thomas Doll, René Schneider, Steffen Freund, René Tretschok, Maik Kischko, Roy Präger, Steffen Baumgart oder Bernd Hobsch.

**Die DDR-Fußballmeister**

| | |
|---|---|
| 1948 SG | Planitz (Ostzonenmeister) |
| 1949/50 | ZSG Hae(Ostzonenmeister) |
| 1950/51 | ZSG Horch Zwickau |
| 1951/52 | BSG Chemie Leipzig |
| 1952/53 | BSG Turbine Halle |
| 1953/54 | SG Dynamo Dresden |
| 1954/55 | BSG Turbine Erfurt |
| 1955 | SC Turbine Erfurt |
| 1956 | SC Wismut Karl-Marx-Stadt |
| 1957 | SC Wismut Karl-Marx-Stadt |
| 1958 | ASK Vorwärts Berlin |
| 1959 | SC Wismut Karl-Marx-Stadt |
| 1960 | ASK Vorwärts Berlin |
| 1961/62 | ASK Vorwärts Berlin |
| 1962/63 | SC Motor Jena |
| 1963/64 | BSG Chemie Leipzig |
| 1964/65 | ASK Vorwärts Berlin |
| 1965/66 | FC Vorwärts Berlin |
| 1966/67 | FC Karl-Marx-Stadt |
| 1967/68 | FC Carl Zeiss Jena |
| 1968/69 | FC Vorwärts Berlin |
| 1969/70 | FC Carl Zeiss Jena |
| 1970/71 | SG Dynamo Dresden |
| 1971/72 | 1. FC Magdeburg |
| 1972/73 | SG Dynamo Dresden |
| 1973/74 | 1. FC Magdeburg |
| 1974/75 | 1. FC Magdeburg |
| 1975/76 | SG Dynamo Dresden |
| 1976/77 | SG Dynamo Dresden |
| 1977/78 | SG Dynamo Dresden |
| 1978/79 | BFC Dynamo |
| 1979/80 | BFC Dynamo |
| 1980/81 | BFC Dynamo |
| 1981/82 | BFC Dynamo |
| 1982/83 | BFC Dynamo |
| 1983/84 | BFC Dynamo |
| 1984/85 | BFC Dynamo |
| 1985/86 | BFC Dynamo |
| 1986/87 | BFC Dynamo |
| 1987/88 | BFC Dynamo |
| 1988/89 | SG Dynamo Dresden |
| 1989/90 | 1. FC Dynamo Dresden |
| 1990/91 | FC Hansa Rostock (NOFV-Oberliga-Meister) |

**1955 wird der Europapokal der Landesmeister – Vorgänger der Champions League – ins Leben gerufen.**

## »Katsches« Glücksschuss

Wenn man über das Fußballverhältnis zwischen der Bundesrepublik und der DDR spricht, dürfen die Partien im Europacup zwischen den Teams aus diesen beiden Ländern nicht vergessen werden. Und damit kommen wir unweigerlich zu den großen Triumphen des FC Bayern München in den Jahren 1974 bis 1976. Dieser Triumphzug wäre jedoch beinahe im Keim erstickt worden, als es im Achtelfinale des Europacups der Landesmeister zum Duell mit dem DDR-Titelträger Dynamo Dresden kam. Dies war – noch vor der WM-Begegnung zwischen der BRD und der DDR – das erste Zusammentreffen zwischen zwei Spitzenteams der politisch rivalisierenden Staaten.

Die Bayern mit all ihren Stars, die wenig später Weltmeister werden sollten, steckten zu jener Zeit in einer tiefen Krise. Soeben hatten sie in der Bundesliga nach einer 4 : 1-Führung gegen den 1. FC Kaiserslautern eine herbe 4 : 7-Schlappe kassiert. Die Dresdner hingegen hatten die italienische Spitzenmannschaft von Juventus Turin aus dem Europacup geworfen. Das Hinspiel im Münchner Olympiastadion gewann der FC Bayern mühsam mit 4 : 3. Beim Rückspiel kam es zu einem politischen Eklat, als die Bayern nicht, wie international üblich, ihr Quartier in Dresden aufschlugen, sondern diesseits der Zonengrenze in Hof, und zwar mit der lächerlichen Begründung, Dresden liege 412 Meter tiefer als München, was sich nachteilig auf die Bayern-Spieler auswirken könne. In Wahrheit hatten die Stars aus München Angst vor dem Fan-Rummel in Sachsen und erwiesen sich somit als äußerst schlechte Diplomaten ihres Sports und ihres Landes. Dem Erfolg tat dies keinen Abbruch. Mit einem souverän herausgespielten 3 : 3 kam man in die nächste Runde und schließlich auch ins Finale.

Der erste Europacup-Sieg des FC Bayern München am 15. Mai 1974 war nichts für schwache Nerven. Gegen den mit vielen

*»Wiederholt« gewonnen: Europapokalsieger der Landesmeister 1974 – FC Bayern München.*

**1956 gewinnt Real Madrid in Paris das erste Endspiel dieses neuen Wettbewerbs 4 : 3 gegen den französischen Vertreter Stade Reims.**

Stars gespickten spanischen Titelträger Atletico Madrid hieß es nach 90 Minuten in Brüssel 0 : 0. Sechs Minuten vor Schluss der Verlängerung gingen die Spanier durch ein Freistoßtor in Führung und sahen schon wie der sichere Sieger aus. (Ähnlich wie die Bayern in der Saison 1998/99 gegen Manchester United. Diese unglückliche 1 : 2-Niederlage der Münchner hat sich ja in das Gedächtnis aller Fußballfans eingegraben.) Als der Schiedsrichter bereits auf die Uhr sah und das Spiel abpfeifen wollte, hielt Verteidiger Georg »Katsche« Schwarzenbeck aus 30 Metern Entfernung einfach drauf. Und zur Überraschung von Freund und Feind landete der Ball im Netz.

Weil es damals noch kein Elfmeterschießen gab, wurde das Spiel zwei Tage später wiederholt. Der Frust der spanischen Spieler saß dermaßen tief, dass Bayern München in einem der besten Spiele, die die Mannschaft je ablieferte, hoch mit 4 : 0 gewann.

## Aller guten Dinge sind drei

Auch 1975 kam es wieder zu einem deutsch-deutschen Duell. Diesmal forderte der DDR-Meister 1. FC Magdeburg, der in der Saison zuvor den Europapokal der Pokalsieger gewonnen hatte, die Bayern heraus. Auch diese Achtelfinalspiele hatten es in sich. Denn im Münchner Olympiastadion zogen die Magdeburger schnell mit 2 : 0 davon, um dann aber doch noch mit 2 : 3 zu verlieren. Und auch in Magdeburg gewannen die Bayern – diesmal mit 2 : 1. Beim Endspiel in Paris standen die Münchner unter großem Druck. In der Bundesliga lagen sie lediglich auf Platz zehn, im DFB-Pokal waren sie ausgeschieden. So galt der Gegner, der englische Meister Leeds United, als hoher Favorit. Doch einmal mehr schafften die Bayern den Kraftakt: Gegen die hart auftretenden Briten gelang ein glücklicher 2 : 0-Sieg, der jedoch mit einigen schweren Verletzungen bezahlt werden musste. Unter anderem erlitt Uli Hoeneß einen Knieschaden, der letztlich zu seinem frühzeitigen Karriereende führte. (Dass er sich im Laufe der Jahre zum brillanten

*Der Einsatz hat sich gelohnt: Auch 1975 sind die Bayern Europapokalsieger.*

**1958** **finden bei einem Flugzeugabsturz in München acht Spieler von Manchester United den Tod – auf dem Heimflug vom Europacup-Spiel bei Roter Stern Belgrad. Die UEFA führt den Europapokal für Nationalmannschaften ein, ein Vorläufer der Europameisterschaft.**

Manager des FC Bayern entwickelte, war für den Verein jedoch ein Glücksfall ohnegleichen.)

Nachdem die Münchner berühmte Mannschaften wie Benfica Lissabon und Real Madrid ausgeschaltet hatten, hieß der Gegner im Endspiel 1976 AS St. Etienne. An den französischen Meister hatten die Münchner unangenehme Erinnerungen. In der Saison 1969/1970 waren sie bereits in der ersten Runde (trotz eines 2 : 0-Hinspielsiegs) mit 0 : 3 in Frankreich gescheitert. Im Finale, das in Glasgow stattfand, gab es jetzt einen mühevollen 1 : 0-Sieg. Mit diesen drei Triumphen hintereinander durften sich die Männer von der Isar in einem Atemzug mit den ganz großen Teams wie Real Madrid, Ajax Amsterdam, Inter Mailand oder Benfica Lissabon nennen lassen.

Niemand sollte ahnen, dass dies der letzte Bayern-Titel im Meisterwettbewerb bis heute bleiben sollte. Die Bayern-Elf von damals zerbrach. Franz Beckenbauer wechselte in die USA, Gerd Müller hatte zusehends mit seiner Gesundheit zu kämpfen, Sepp Maier musste seine Karriere 1979 nach einem schweren Autounfall beenden. Dreimal standen die Bayern seitdem im Finale, wo sie jedoch gegen den FC Porto, Aston Villa und Manchester United den Kürzeren zogen. Drei weitere Male scheiterten sie im Halbfinale. Als amtierender Meister nehmen sie in dieser Saison einen weiteren Anlauf den höchsten europäischen Vereinstitel zu erringen. Und um mit ihrem Präsidenten Franz Beckenbauer zu sprechen: »Schau mer mal . . .«

## Borussia Mönchengladbach – brillant, aber tragisch

Wer vom FC Bayern spricht, darf Borussia Mönchengladbach nicht verschweigen. Doch während die Münchner im internationalen Fußball viel Glück und Geschick besaßen, klebte den »Fohlen«, wie die Elf aus dem Rheinland wegen ihrer Jugend und ungezähmten Spielweise genannt wurde, das Pech an den Stiefeln. Immerhin fünfmal wurde die spielstarke Mannschaft um ihren Mittelfeldstar Günter Netzer in den Jahren 1970 bis 77 deutscher Meister. Sie traten völlig anders auf als die abgeklärten, unterkühlten Bayern.

*30.04.1970: Borussia Mönchengladbach wird deutscher Meister.*

**1960** **wird die Sowjetunion erster Sieger dieses Wettbewerbs durch einen 2 : 1-Sieg über Jugoslawien in Paris.**

*Spielführer Günther Netzer hat seine Gegner im Griff.*

genommen. Doch eine Cola-Büchse traf den italienischen Spieler Roberto Boninsegna am Kopf. Der ließ sich theatralisch fallen, musste ausgewechselt werden – und der europäische Fußballverband setzte das Spiel in Berlin neu an. Dort erreichte Gladbach lediglich ein 0 : 0, was nach der 2 : 4-Niederlage in Mailand das »Aus« bedeutete. Die Diskussion, ob Boninsegna tatsächlich von der Büchse getroffen worden war, sollte die Fans lange beschäftigen.

Durch ihren begeisternden, schwungvollen Offensivfußball hatte die Elf vom Bökelberg Fans in ganz Europa. Doch im großen internationalen Geschäft sollte es einfach nicht klappen.

Nach dem Gewinn des ersten Titels scheiterte das Team des begnadeten Trainers Hennes Weisweiler 1971 im Achtelfinale durch Elfmeterschießen am englischen Vertreter FC Everton. Ein Jahr später kam es – wieder im Achtelfinale – zu einem besonders kuriosen Zwischenfall. In einem unglaublich brillanten Spiel hatten Netzer und Co. den italienischen Meister Inter Mailand mit 7 : 1 auseinander

Mindestens genauso unglücklich war das Ausscheiden der Borussia in der Saison 1975/76 gegen Real Madrid. Beide Viertelfinalspiele endeten unentschieden. Doch beim 1 : 1 in Madrid erkannte der

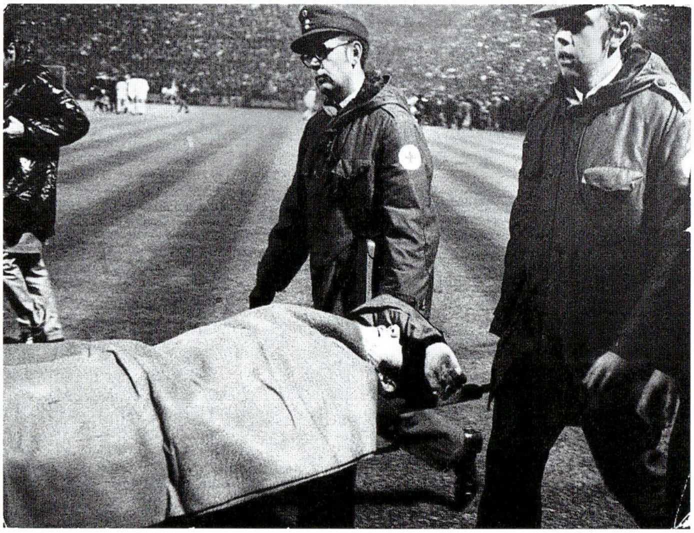

*Pech für Gladbach: Roberto Boninsgna wird vom Platz getragen.*

**1961 gewinnt der AC Florenz den ersten Europapokal der Pokalsieger.**

holländische Schiedsrichter den Deutschen zwei völlig reguläre Tore ab. Auf Grund der Regelung, dass Auswärtstore doppelt zählen, kam Real nach dem 2 : 2 im Hinspiel ins Halbfinale, um dort am FC Bayern zu scheitern.

Im darauf folgenden Jahr schien es endlich zu klappen. Wieder einmal hatte Gladbach, in dessen Reihen bekannte Spieler wie Berti Vogts, Jupp Heynckes oder Rainer Bonhof standen, durch begeisterten Offensivfußball überzeugt und den vierten von fünf deutschen Titeln innerhalb von acht Jahren geholt. Doch ausgerechnet im Endspiel des Meistercups wartete die erfolgreichste europäische Mannschaft jener nächsten Jahre: der englische Meister FC Liverpool. Und der ließ der Borussia beim 3 : 1 in Rom keine Chance. Ein Jahr später war wiederum Liverpool Gegner der Gladbacher, diesmal im Halbfinale. Und wieder hatten die Briten die Nase vorn und konnten letztlich auch ihren Titel verteidigen. »Die Deutschen wurden von den Engländern zerquetscht«, schrieb eine italienische Zeitung nach dem 0 : 3 im Rückspiel. In den Jahren 1975 und 1979 gelang Mönchengladbach immerhin der Gewinn des UEFA-Pokals. Doch zu mehr reichte es nicht. Heute ist die große Zeit des Teams vom Bökelberg längst vorbei, das inzwischen sogar aus der Ersten Bundesliga absteigen musste.

**Die deutschen Europacup-Erfolge**

**Pokal der Landesmeister/Champions League**

FC Bayern München (1974, 1975, 1976)
Hamburger SV (1983)
Borussia Dortmund (1997)

**Pokal der Pokalsieger**

Borussia Dortmund (1966)
FC Bayern München (1967)
1. FC Magdeburg (1974)
Hamburger SV (1977)
SV Werder Bremen (1992)

**UEFA-Pokal**

Borussia Mönchengladbach (1975, 1979)
Eintracht Frankfurt (1980)
Bayer 04 Leverkusen (1988)
FC Bayern München (1996)
FC Schalke 04 (1997)

## Uli Hoeneß' Elfmeter-Pech

Auch die Nationalmannschaft hatte einiges zu bieten in jenen Jahren. Beinahe hätte sie 1976 ihren Titel als Europameister verteidigt. Allerdings hatte es in den Vorrunden so manches schwache Spiel gegeben – unter anderem ein mühevolles 1 : 0 in Malta und zwei magere Unentschieden gegen Griechenland. Die WM-Elf von 1974 war zerbrochen und Bundestrainer Helmut Schön hatte es ähnlich schwer wie seine Nachfolger heute, eine neue schlagkräftige Mannschaft aufzubauen. Trotzdem erreichte die Elf durch Siege über Spanien und Jugoslawien das Endspiel in Belgrad gegen die Tschechoslowakei. Die Tschechen hatten überraschend den Vizeweltmeister Holland besiegt und zeigten jetzt auch dem deutschen Team, was in ihnen steckte. Zwar gelang es Deutschland noch, einen 0 : 2-Rückstand aufzuholen. Doch im Elfme-

**1963** **wird die Bundesliga eingeführt.**

terschießen drosch der Münchner Uli Hoeneß den Ball in den Belgrader Nachthimmel.

*20.06.1976: Niedergeschlagen verlässt Uli Hoeneß das Spielfeld.*

Diese Europameisterschaft stimmte alles in allem optimistisch für die Verteidigung des WM-Titels 1978. Zusammen mit Udo Jürgens hatten die deutschen Spieler den Schlager *Buenos dias, Argentina* aufgenommen und waren hoffnungsvoll nach Südamerika aufgebrochen. Die Hoffnung bekam jedoch bald den ersten Dämpfer. Denn im Eröffnungsspiel, das traditionsgemäß der Titelverteidiger bestreitet, gab es gegen Polen ein enttäuschendes torloses Unentschieden. In der zweiten Begegnung schien sich die deutsche Elf jedoch gefangen zu haben, denn sie deklassierte Mexiko mit 6 : 0. Ein Strohfeuer, wie sich herausstellen sollte, als gegen das international unbedeutende Tunesien erneut ein 0 : 0 folgte. Als Gruppenzweiter hinter Polen schien den Deutschen dennoch das Glück hold zu sein. Denn anders als bei früheren Titelkämpfen ging es diesmal nicht im K.-o.-System weiter, sondern (wie schon vier Jahre zuvor in Deutschland) in zwei Vierergruppen. Die Gruppensieger trugen das Finale aus. Gegen Italien, die Niederlande und Österreich rechnete sich das Team von Helmut Schön mehr aus als gegen die Südamerikaner Argentinien, Brasilien und Peru sowie Polen in der anderen Gruppe. Einem dritten enttäuschenden 0 : 0 – diesmal gegen Italien – folgte ein hoffnungsvolles 2 : 2 gegen Holland. Diese Partie galt als Revanche für das Endspiel 1974 und bot von beiden Seiten schönen Fußball.

## Die Schmach von Cordoba

Durch die beiden Remis schien Deutschland das Spiel um Platz drei sicher. Die Final-Teilnahme wäre nur möglich gewesen, wenn Italien und Holland unentschieden gespielt hätten, bei einem gleichzeitigen Sieg der Deutschen gegen Österreich. Nachdem es seit 47 Jahren keine Niederlage gegen den einstigen Erzrivalen mehr gegeben hatte, war dies überhaupt kein Thema für Spieler, Fans und Presse. Doch der 21. Juni 1978 sollte

**1964 wird der 1. FC Köln erster deutscher Meister nach Einführung der Bundesliga.**
**Bei der bisher größten Katastrophe der Fußballgeschichte werden im Estadio Nacional in Lima beim Länderspiel Peru gegen Argentinien über 300 Menschen zu Tode getrampelt und über 500 verletzt.**

als einer der schwärzesten Tage des deutschen Fußballs in die Geschichte eingehen. Die Konkurrenz drückte den Österreichern die Daumen, weil sich Deutschland mit den bisherigen Leistungen wenig Sympathien erworben hatte.
Bis zwei Minuten vor Schluss hieß es in der abwechslungsreichen Begegnung 2 : 2. Dann sorgte der österreichische Torjäger Hans Krankl durch seinen zweiten Treffer dafür, dass ganz Österreich Kopf stand und sich ganz Fußballdeutschland am liebsten in einem Mauseloch verkrochen hätte. Der unvergessene Radiokommentar des Reporters Edi Finger gipfelte in den Worten »I wer narrisch! I und der Ingeniöör Nussbaumer, wir busseln uns ab!«. Deutschland war gescheitert und Helmut Schön, der in seiner Karriere so viel erreicht hatte, nahm nach fast zweieinhalb Jahrzehnten einen bitteren Abschied als Bundestrainer.
Statt Deutschland war schließlich Holland Gruppensieger geworden. Aber auch im zweiten Anlauf klappte es für die Holländer nicht. Sie verloren das Endspiel gegen Argentinien mit 3 : 1 nach Verlängerung.

*21.06.1978: Berti Vogts mit großen Problemen gegen die spielstarken Österreicher.*

**1966 gewinnt England die Fußballweltmeisterschaft mit einem 4 : 2-Sieg über Deutschland im Londoner Wembley-Stadion. Das umstrittene dritte Tor geht in die Geschichte des Fußballspiels ein. Bis heute streiten sich Experten, ob sich der Ball hinter der Linie befand, nachdem er von der Querlatte nach unten abgeprallt war.**

## Ein gelungener Einstand . . .

Nachfolger Schöns, der 1996 starb, wurde im Juli 1978 sein Assistent: der leutselige Rheinländer und zweifache Nationalspieler Jupp Derwall. Er konnte gleich einen Einstand nach Maß feiern. Denn obwohl nur wenige Experten etwas auf die neu formierte Mannschaft gaben, holte Derwalls Truppe 1980 in Italien den Europameistertitel. Neuer Star der Truppe war Karl-Heinz Rummenigge. Doch auch Spieler wie Klaus Allofs, Horst Hrubesch, Bernd Schuster, Hans Peter Briegel oder Torwart Harald »Toni« Schumacher gaben in den kommenden Jahren den Ton im deutschen Team an. Wieder einmal waren die Holländer der Maßstab für die deutsche Elf. Durch ein imponierendes 3 : 2 hatte man das Finale erreicht, wo gegen die starken Belgier ein mühevolles 2 : 1 gelang. Das Tor der Verlierer hütete übrigens Jean-Marie Pfaff, der als Nachfolger Sepp Maiers viele Jahre lang in Diensten des FC Bayern stand. Die Zeit nach der »Schmach von Cordoba« gehörte übrigens zur erfolgreichsten der deutschen Nationalmannschaft überhaupt: In 23 Spielen gab es 18 Siege und fünf Unentschieden. Erst eine verkorkste Südamerikareise im Januar 1981 trübte die stolze Bilanz. Doch für die WM 1982 in Spanien war man wieder bester Dinge. Die Qualifikation brachte acht Siege in acht Spielen – bei einem Torverhältnis von 33 : 3. Jupp Derwall hatte eine völlig neue Mannschaft zusammengestellt: Nur noch vier Spieler aus dem Kader von 1978 gingen mit auf die Reise.

## . . . und ein übler Betrug

Wieder einmal, so schien es, wurde Deutschland vom Losglück begleitet. In der Vorrunde hatte man Algerien, Öster-

*Mit neuer Mannschaft zum Erfolg: Europameister 1980.*

**1966 Als erster deutscher Europacup-Sieger der Pokalsieger kann sich Borussia Dortmund nach einem 2 : 1 gegen den FC Liverpool feiern lassen.**
**Die Fußball-Bundeliga erlebt einen Zuschauer-Minusrekord: Zum Spiel von Tasmania Berlin gegen Borussia Mönchengladbach kommen 827 zahlende Fans.**

reich und Chile zugelost bekommen. Doch das Turnier begann mit einem Paukenschlag. Die Algerier schlugen Deutschland mit 2 : 1. Vor allem Paul Breitner, von Jupp Derwall nach siebenjähriger Pause erst kurz zuvor wieder ins Team berufen, erwies sich als Totalausfall. Doch diese Niederlage war noch nicht der Tiefpunkt an Ärgernissen. Nach einem 4 : 1 gegen Chile ging es einmal mehr gegen Österreich. Deutschland musste für den Gruppensieg unbedingt gewinnen. Österreich durfte nicht höher als 0 : 2 verlieren, um als Gruppenzweiter weiterzukommen.

Das Spiel ging als einzigartiger Skandal in die WM-Geschichte ein. Horst Hrubesch schoss früh das 1 : 0. Und ab diesem Zeitpunkt hörten beide Teams auf, Fußball zu spielen. Sie schoben rund 70 Minuten lang den Ball in den eigenen Reihen hin und her, ohne sich von den Pfiffen des empörten Publikums beeindrucken zu lassen. Schließlich kamen beide Teams eine Runde weiter. Verlierer waren die bedauernswerten Algerier und der Fußballsport an sich. Untersuchungen über diesen Betrug verliefen im Sande. Zu mächtig waren die beiden Verbände im internationalen Fußballgefüge.

*Eine Hand wäscht die andere . . . Das 1 : 0 gegen Österreich bringt der deutschen Mannschaft den Gruppensieg.*

**1966 Mit Tasmania Berlin steigt das Team mit der schlechtesten Bilanz aller Mannschaften ab, die bis heute in der Bundesliga gespielt haben. In 34 Spielen holen die Berliner gerade mal 8 : 60 Punkte, bei einem Torverhältnis von 15 : 108.**

## Die Nacht von Sevilla

In der Zwischenrunde traf das deutsche Team auf England und Spanien. Gegen die Briten gab es in einem schwachen Match ein 0 : 0. Gegen die spanischen Gastgeber gelang ein eindrucksvolles 2 : 0. Nachdem sich England und Spanien im dritten Gruppenspiel nur 0 : 0 trennten, war das Halbfinale erreicht! Dieses Spiel gegen Frankreich ging als »die Nacht von Sevilla« in die deutsche WM-Geschichte ein. Nach 90 spannenden Minuten hatte es 1 : 1 gestanden. Und als in der Verlängerung die Franzosen zwei Tore schossen, schien das Spiel gelaufen. Doch mit ihrem Kampfgeist bewies die deutsche Elf einmal mehr, wozu sie in einem wichtigen Turnier in der Lage war, und erzielte noch das 3 : 3.
Nach einem nervenaufreibenden Elfmeterschießen hatte Jupp Derwalls Team schließlich mit 5 : 4 die Nase vorn. Uli Stielike, aber auch zwei Franzosen waren jeweils am gegnerischen Torhüter gescheitert. Der hieß auf deutscher Seite Toni Schumacher und wäre zum Held von Sevilla geworden, hätte er nicht mit einem brutalen Foul den Franzosen Patrick Battiston so schwer verletzt, dass dieser bewusstlos ins Krankenhaus gebracht werden musste. Als Schumacher erfuhr, dass Battiston unter anderem zwei Zähne verloren habe, meinte er zynisch: »Wenn das alles ist, kaufe ich ihm ein paar Jacket-Kronen.«
So blieb von der WM 1982 leider vor allem das Bild des »hässlichen Deutschen« in Erinnerung. Obwohl man nach der klaren 1 : 3-Finalniederlage gegen Italien immerhin Vizeweltmeister geworden war, gab es für die Fans kaum Anlass zum Jubel. Zu arrogant und protzig waren viele Spieler und Funktionäre den Anhängern gegenüber aufgetreten – in Spanien, aber auch schon während der Vorbereitungen am Schluchsee im Schwarzwald – von Augenzeugen nur ironisch »Schluck-See« genannt.

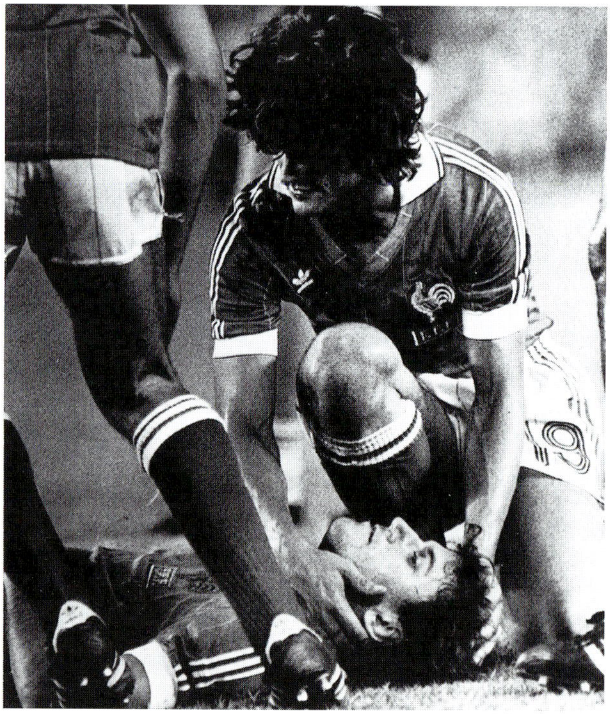

*Halbfinale in Sevilla: Ein französischer Spieler kümmert sich um den verletzten Patrick Battiston.*

**1968 wird Italien in Rom durch ein 2 : 1 gegen die Mannschaft Jugoslawiens erster offizieller Fußballeuropameister.**

Auch in der Folgezeit präsentierte sich die Nationalelf wenig mitreißend. Die Europameisterschaft 1984 in Frankreich wurde zu einem einzigen Debakel. Mit nur einem Sieg und zwei Treffern in drei Spielen schied Jupp Derwalls Truppe sang- und klanglos in der Vorrunde aus. Und damit war auch die Trainerkarriere des Rheinländers beendet, der sich als Vereinstrainer in die Türkei verabschiedete und dort große Erfolge feierte. Ab sofort regierte der »Kaiser« persönlich: Franz Beckenbauer.

*Comeback als Trainer: Franz Beckenbauer.*

**1969** sehen 88 075 Zuschauer das Bundeligaspiel zwischen Hertha BSC Berlin und dem 1. FC Köln – vermutlich ein Ewigkeitsrekord, da heute kein deutsches Stadion aus Sicherheitsgründen auch nur annähernd so viele Zuschauer fassen kann.

# Die Achtzigerjahre

## Ein Spieler »von Gottes Gnaden«

Altbundestrainer Sepp Herberger bezeichnete Franz Beckenbauer als »Spieler von Gottes Gnaden«. Er wurde Weltmeister, Vizeweltmeister, Europameister, Europapokalsieger, Weltpokalsieger – kurzum: Er erreichte auf dem Feld alles, was ein Fußballer erreichen kann. Und obwohl er in seinem Buch zur Weltmeisterschaft 1982 noch wörtlich schrieb: »Und ich habe eines festgestellt: Zum Trainer würde ich nicht taugen«, so war er es zwei Jahre später doch! Franz Beckenbauer wurde unter dem großen Druck der Öffentlichkeit 1984 Chef der deutschen Nationalmannschaft. Kurioserweise fehlte dem damaligen Rekordnationalspieler die nötige Trainerlizenz des DFB. So nannte er sich nicht Bundestrainer, sondern »nur« Teamchef.

Auch in dieser Funktion sollte der gebürtige Münchner, Sohn eines Postbeamten, in den kommenden Jahren Vizeweltmeister und Weltmeister werden und dabei mindestens genauso viele Höhen und Tiefen erleben wie als Spieler. Er übernahm seinen Posten in einer Zeit, als der deutsche Fußball international ähnlich am Boden lag wie heute. WM 1982, EM 1984 – das waren zwei völlig verkorkste Turniere. Dazu hatten viele Spieler die »Bodenhaftung« verloren und eher Banknoten als ihren Sport und ihre Verpflichtung gegenüber den Fans vor Augen. Franz Beckenbauer sollte es richten. Und er richtete es. Er galt – und gilt noch heute – als die Verkörperung des genialen Fußballers – und das nicht nur auf dem Platz.

## Ein ehrenvoller zweiter Platz

Doch in Sachen Diplomatie musste sogar der Kaiser noch einiges lernen. Die WM 1986 in Mexiko kann man in dieser Hinsicht getrost als Beckenbauers Trainer-»Lehrzeit« bezeichnen. Sein »Gesellenstück« war der zweite Platz nach einer unglücklichen 2 : 3-Finalniederlage gegen den hohen Favoriten Argentinien. Mit diesem Achtungserfolg hatte nun wirklich niemand gerechnet, galt die deutsche Elf doch bestenfalls als »biedere« Handwerkertruppe, die sich nur mühsam für die Endrunde qualifiziert hatte.

Peinlichster Ausrutscher war die allererste Heimniederlage in einem WM-Qualifikationsspiel überhaupt gegen Portugal gewesen. Da stand sogar die Turnierteilnahme in Frage. In Mexiko selbst legte

**1970 kommt es zur Einführung der gelben und roten Karte, um Spielern, aber auch Zuschauern im Stadion und vor den Bildschirmen Schiedsrichterentscheidungen im wahrsten Sinne des Wortes deutlich vor Augen zu führen.**

sich Beckenbauer, den der Erfolgsdruck offenbar übernervös gemacht hatte, derart mit der Presse an, dass es zu dem geflügelten Wort kam: »Was ist ein ›Beckenbauer‹? Die kürzeste Entfernung zwischen zwei Fettnäpfchen!«

Fußball gespielt wurde von den Deutschen im Lande der Azteken auch, wenn auch anfangs mehr schlecht als recht: Einem glücklichen 1 : 1 gegen Uruguay folgte ein 2 : 1 gegen Schottland. Danach gab es eine blamable 0 : 2-Niederlage gegen Dänemark. Dies veranlasste den deutschen Ersatztorhüter Uli Stein zu der Meinung, die deutsche Mannschaft sei eine »Gurkentruppe«, woraufhin ihn die Mannschaftsleitung nach Hause schickte. So etwas hatte es noch nie gegeben!

Auch im Achtelfinale gegen Marokko tat man sich schwer. Zum ersten Mal bei einer WM war eine afrikanische Mannschaft so weit gekommen. Erst zwei Minuten vor Schluss erlöste Matthäus mit einem Freistoßtor seine Elf.

Im Viertelfinale gegen Mexiko wurde es noch knapper. Als Verteidiger Thomas Berthold nach einem Revanchefoul die »rote Karte« gezeigt bekam, schien es um die deutsche Elf geschehen. Erinnerungen an die WM 1958 in Schweden wurden wach. Dort hatten ja bekanntlich die Gastgeber Deutschland besiegt, nachdem der deutsche Verteidiger Juskowiak vom Platz geflogen war. Doch dies blieb Beckenbauers Truppe in Mexiko erspart. In der Verlängerung sah ein Mexikaner ebenfalls »Rot«. Und nach 120 torlosen Minuten war im Elfmeterschießen Deutschland einmal mehr die glücklichere Elf und behielt mit 4 : 1 die Oberhand. »Heute Nacht bringe ich kein Auge zu«, seufzte der Teamchef nach dem Abpfiff.

Hellwach war seine Mannschaft jedenfalls im Halbfinale. Ein kämpferisch hochverdientes 2 : 0 gegen Frankreich bedeutete: Eine deutsche Nationalmannschaft stand bei elf WM-Teilnahmen zum fünften Mal im Endspiel. Ein großartiges Ergebnis. Dass es nicht zum dritten Titelgewinn reichte – noch nicht! –, lag daran, dass der Gegner Argentinien den genialen Diego Armando Maradona in seinen Reihen hatte. Ein Spieler, der über viele Jahre auf dem Platz – und nicht nur dort – für Aufsehen sorgte. Und es lag daran, dass der in diesem Turnier großartig haltende Torwart Toni Schumacher beim 0 : 1 einen dummen Patzer machte. Als die verunsicherten Deutschen wenig später das 0 : 2 kassierten, schien das Spiel gelaufen.

Aber wieder einmal erwachte der deutsche Kampfgeist und innerhalb kurzer Zeit gelang durch Rummenigge und Völler ein kaum noch erwartetes 2 : 2. Statt nun gegen die angeschlagenen Argentinier dieses Ergebnis über die Zeit zu retten und in der Verlängerung die Entscheidung zu suchen, stürmte die deutsche Elf weiterhin wacker drauflos – und wurde bitter bestraft. Ein genialer Pass von Maradona auf Burruchaga – und der hatte, allein vor Schumacher, kein Problem den Siegestreffer zu erzielen.

**1972 gewinnt Deutschland die Europameisterschaft in Brüssel mit einem 3 : 0-Finalsieg gegen die Sowjetunion. Experten sprechen von der besten deutschen Mannschaft aller Zeiten.**

*Voller Einsatz, aber nur Vizeweltmeister: Burruchaga erzielt den Siegtreffer für Argentinien.*

Trotz der Niederlage war der »Kaiser« zufrieden: »Diesen Vizetitel schätze ich höher ein als meine drei WM-Teilnahmen mit dem Finale 1966 in England, dem dritten Platz 1970 in Mexiko und dem Weltmeistertitel 1974 im eigenen Land«, sagte er der Presse.

## Das Nord-Süd-Duell

Doch es wurde nicht nur im Nationaltrikot guter Fußball gespielt in diesen Jahren. Ein Blick auf die Bundesliga-Abschlusstabellen der Achtzigerjahre kündet von den erbitterten Duellen zwischen den Teams aus dem hohen Norden und dem tiefsten Süden. Da waren zum einen der FC Bayern, der zwischen 1981 und 1990 sechsmal den deutschen Titel holte, und der VfB Stuttgart im Süden. Und da waren im Norden der Hamburger SV mit zwei Titeln und der SV Werder Bremen, der fast immer unter den ersten fünf Teams der Tabelle zu finden war. Die

**1974 holt sich Deutschland in München nach einem 2 : 1-Erfolg über die Niederlande zum zweiten Mal den Weltmeistertitel.**
**Als erster deutscher Verein gewinnt der FC Bayern München den Europapokal der Landesmeister.**

Hamburger mit ihrem brillanten Spielmacher Felix Magath, heute einem gefragten Trainer, waren 1983 auf dem Gipfel des Erfolges. Im Finale des Europacups der Landesmeister bezwangen sie in Athen die damals weltbeste Mannschaft Juventus Turin mit 1 : 0. Erst 15 Jahre später, 1998, sollte in der Champions League Borussia Dortmund wieder zu derartigen Ehren kommen – kurioserweise gegen denselben Gegner.

Der Höhenflug der Bremer ist eng verknüpft mit der Person des Trainers Otto Rehhagel. War Franz Beckenbauer der »Kaiser« von München (er hat die Elf ja sogar einmal für wenige Monate trainiert,

*»König Otto«: Otto Rehhagel, Trainer des SV Werder Bremen, nach dem Gewinn des Europapokals der Pokalsieger.*

ehe er deren Präsident wurde), so galt Rehhagel als »König Otto« von der Weser. Sein Wort galt, sonst keines. Und er hatte Erfolge. Der größte war der Gewinn des Europapokals der Pokalsieger 1992.

*Mit dem HSV zum Europapokalsieg: Kapitän Felix Magath.*

**1976, und zwar genau am 20. März, feiert der jüngste Bundesligaspieler aller Zeiten sein Debüt: Der Frankfurter Torwart Jürgen Friedl ist bei der Partie gegen Hannover 96 gerade mal 17 Jahre und 26 Tage alt.**

# Die Neunzigerjahre

## Der Triumph von Rom

1990 machte sich Franz Beckenbauer bei der WM in Italien gewissermaßen »unsterblich«. Hinter ihm lag die Europameisterschaft 1988 im eigenen Land, die mit dem Ausscheiden im Halbfinale gegen Holland eine kleine Enttäuschung gebracht hatte.

Die Holländer waren auch wieder – neben Finnland und Wales – Gegner der Deutschen in der WM-Qualifikation. Nach zwei Unentschieden gegen den Dauerrivalen belegte die deutsche Elf den zweiten Platz in ihrer Gruppe. Das reichte für die Endrunde, für die die Erwartungen hoch gesteckt waren: Neun von zehn Deutschen erwarteten von »Kaiser Franz« und seinen Kickern den Titel. Und die taten den Fans diesen Gefallen.

Was man von deutschen Teams bis dahin selten kannte, gab es bei dieser WM zu sehen: einen Einstand nach Maß. Alles überragender Spieler beim klaren 4 : 1 gegen Jugoslawien war Lothar Matthäus, den man aus deutscher Sicht getrost den Star dieser Titelkämpfe nennen kann. Nach einem ebenso deutlichen 5 : 1 über die Vereinigten Emirate konnte man sich beim 1 : 1 über Kolumbien etwas ausru-

*Trotz Platzverweis von Rudi Völler gewinnt die deutsche Mannschaft das Achtelfinale gegen Holland mit 2 : 1.*

**1980** **wird Deutschland durch ein 2 : 1 gegen Belgien erneut Europameister.**

*Andreas Brehme verwandelt den Elfmeter zum Siegtreffer – Weltmeister!*

hen. Das war auch bitter nötig, denn im Achtelfinale ging es schon wieder gegen Holland. Unrühmlicher Höhepunkt eines spannenden Spiels war eine Spuckorgie des holländischen Verteidigers Frank Rijkaard gegen Mittelstürmer Rudi Völler, die ihm die rote Karte einbrachte. Zum Entsetzen der Deutschen schickte der Schiedsrichter auch Völler vom Platz – völlig grundlos. Die Deutschen revanchierten sich auf sportlicher Ebene und gewannen mit 2 : 1.

Ein Elfmeter-Tor von Matthäus in einer ansonsten wenig berauschenden Partie war die einzige, aber ausreichende Ausbeute im Viertelfinale gegen die Tschechoslowakei. Und im Halbfinale ging es wieder einmal gegen den Kontrahenten England. Mit viel Glück hatten die Briten im Viertelfinale das begeisternd aufspielende, aber zu undisziplinierte Kamerun in der Verlängerung ausgeschaltet. Und auch gegen Deutschland stand es nach 90 Minuten 1 : 1. Auch die Nachspielzeit brachte keinen Sieger, sodass wieder einmal ein Elfmeterschießen entscheiden musste. 5 : 4 für Deutschland hieß es schließlich – Finale!

Welch glückliche Fügung, dass am 8. Juli 1990 in Rom der Gegner Argentinien hieß, denn noch nie in der WM-Geschichte waren zweimal hintereinander dieselben Teams im Endspiel aufeinander getroffen. Die Südamerikaner hatten überraschenderweise den Turnierfavoriten Italien ausgeschaltet, galten aber gegen die deutsche Elf diesmal als Außenseiter, da zahlreiche Spieler verletzt waren. Auch Maradona war nicht in Bestform.

Die deutsche Mannschaft wurde, wenn auch spät, ihrer Favoritenrolle gerecht. Durch ein Elfmetertor von Andreas Brehme sechs Minuten vor Schluss wurde der

**1982 kann sich Italien in Madrid durch einen 3 : 1-Sieg über Deutschland zum dritten Mal in die Liste der Weltmeister eintragen lassen.**

*Inmitten der jubelnden Spieler: »Kaiser« Franz Beckenbauer.*

Titel zum dritten Mal nach Deutschland geholt. Ausgerechnet Brehme, zu dem Franz Beckenbauer einmal gesagt hatte: »Spiel Klavier, spiel Flöte, aber spiel net Fußball!«

Der »Kaiser« hatte erreicht, was vor ihm nur der Brasilianer Mario Zagallo geschafft hatte: als Spieler und Trainer Weltmeister zu werden. Ein Bild bleibt dabei besonders in Erinnerung: Sekundenlang schreitet der Trainer nach dem Abpfiff auf dem Rasen des Olympiastadions auf und ab. Nachdenklich, in sich gekehrt in seiner stets korrekten Kleidung wie aus dem Modejournal: Ein dunkelbrauner Blazer und eine beige Hose sind es diesmal. Es ist, als gehe ihn das alles gar nichts an, als würden sich nicht Hinz und Kunz um ihn herum freudetrunken in den Armen liegen. Erst Jürgen Klinsmann, der den Teamchef spontan umarmt, löst den Bann. Und schließlich sagt Franz Beckenbauer staatsmännisch: »Man kann mich sicherlich im Moment

**1984 wird Frankreich vor heimischem Publikum Europameister und gewinnt wenig später auch noch die olympische Goldmedaille in Los Angeles.**

*»We are the champions!«*

als einen sehr glücklichen Menschen betrachten.«
»Sicherlich . . .«, »Schau mer mal . . .«, »Ich sag mal . . .« – wer kennt sie nicht, die Floskeln des »Kaisers«, die so wenig und doch so viel sagen. Nach der WM sagte der Teamchef vor allem eines: »Ade!« Die Ära Beckenbauer war beendet, die Ära Vogts begann.

**Die Weltmeister von 1990**

Tor:
Bodo Illgner (1. FC Köln)

Verteidigung:
Klaus Augenthaler (FC Bayern München),
Thomas Berthold (AS Rom),
ab 74. Min. Stefan Reuter (FC Bayern München),
Jürgen Kohler (FC Bayern München),
Guido Buchwald (VfB Stuttgart),
Andreas Brehme (Inter Mailand)

Mittelfeld:
Thomas Häßler (1. FC Köln),
Lothar Matthäus (Inter Mailand),
Pierre Littbarski (1. FC Köln)

Sturm:
Jürgen Klinsmann (Inter Mailand),
Rudi Völler (AS Rom)

**1985 Der 29. Mai gilt als schwärzester Tag in der Geschichte des Europapokals: Im Brüsseler Heysel-Stadion randalieren vor dem Endspiel der Landesmeister zwischen dem FC Liverpool und Juventus Turin die Fans beider Mannschaften. Die traurige Bilanz: 39 Tote und hunderte von Verletzten. Das Spiel findet trotzdem statt . . .**

## Vom Aufbauer zum Zerstörer

Auf den genialen Libero und Mann von Welt Franz Beckenbauer folgte der harte Arbeiter und ehrgeizige Kämpfer Berti Vogts. Das deutsche Fußballvolk war über diesen Wechsel mehr als gespalten. Vogts, als Spieler »Terrier« genannt, verkörperte das krasse Gegenteil seines Vorgängers. Er hatte zwar fast so viele Länderspiele wie der »Kaiser« auf dem Buckel (Beckenbauer 102, Vogts 96). Aber während der eine mit hoch erhobenem Kopf geniale Pässe über 50, 60 Meter schlug, lagen die Qualitäten des anderen vor allem darin, seinem Gegenspieler keinen Zentimeter vom Leib zu rücken. Aufbauer und Zerstörer – zwei wie Tag und Nacht. Doch im Grunde war es Berti Vogts, der die »typischen« deutschen Fußballtugenden verkörperte: Zweikampfstärke, Verbissenheit, Kampf bis zur letzten Minute.

Berti Vogts hatte wie Beckenbauer in der WM-Elf von 1974 gestanden. Er war 1970 WM-Dritter geworden und hatte 1976 den EM-Vize-Titel mit errungen. Nach der 2 : 3-Schlappe gegen Österreich bei der WM in Argentinien war der Gladbacher als Nationalspieler zurückgetreten. In der anschließenden Saison hatte er mit »seiner« Borussia zum zweiten Mal nach 1975 den UEFA-Cup gewonnen. Große internationale Erfolge waren also für den ruhigen Rheinländer nichts Unbekanntes. Doch als Trainer, so Großes er auch leistete, stehen für Vogts neben einer brillanten Europameisterschaft 1996 eben auch die beiden verkorksten Weltmeisterschaften von 1994 und 1998 zu Buche. Schon zu Beginn seiner Amtszeit hatte es

**1988,** **und zwar genau am 21. Mai, steht der älteste Bundeligaspieler aller Zeiten auf dem Platz: Der Schalker Klaus Fichtel ist 43 Jahre, sechs Monate und zwei Tage alt, als er gegen Werder Bremen einläuft.**

den ersten Dämpfer gesetzt: Bei der EM 1992 in Schweden war die deutsche Elf als großer Favorit im Finale an Dänemark gescheitert. Dies hatte vor allem deswegen für Schlagzeilen gesorgt, da die Dänen eigentlich gar nicht für die EM-Endrunde qualifiziert gewesen waren. Doch sie mussten kurzerhand für Jugoslawien einspringen: Es herrschte zu jener Zeit Krieg auf dem Balkan, was eine Teilnahme der Ballzauberer aus Südosteuropa unmöglich machte. Die Dänen also, gewissermaßen aus dem Urlaub geholt, gewannen gegen eine zu selbstsicher auftretende deutsche Truppe im Finale mit 2 : 0 und bescherten Berti Vogts die erste schmerzliche Niederlage seiner Trainerlaufbahn.

## Ein Stinkefinger und ein einsamer Mann

Das Unternehmen WM in den USA startete 1994 mit großem Optimismus. Die Amerikaner, eigentlich ein Fußballentwicklungsland, hatten die Titelkämpfe mit dem ihnen eigenen Gespür für große Shows organisiert. Die »Drei Tenöre« und Fußballfans Luciano Pavarotti, Placido Domingo und Jose Carreras eröffneten das Turnier mit einem Konzert im Dodgers Stadium von Los Angeles. Prominenz in Hülle und Fülle saß unter den Gästen, von Arnold Schwarzenegger bis Madonna, von Sharon Stone bis Steven Spielberg.

Die Deutschen, als Titelverteidiger automatisch qualifiziert, begannen wie meistens bei solchen Gelegenheiten das Tur-

*21.06.1994: Titelverteidiger Deutschland vor dem Spiel gegen Spanien.*

**1990 wird Deutschland in Rom nach einem 1 : 0-Erfolg über die Auswahl Argentiniens zum dritten Mal Weltmeister.**

*Technisch brillant: Der Bulgare Hristo Stoitschkov.*

nier wenig überzeugend. Zwei Siege in der Vorrunde gegen Bolivien und Südkorea und ein 1 : 1-Unentschieden gegen das starke Spanien führte die Elf ins Achtelfinale nach Chicago. Dort trafen »Bertis Buben« auf Belgien und boten ihre einzig gute Leistung der WM. Beim 3 : 2-Sieg schoss Rudi Völler die beiden letzten Tore in seiner Karriere als Nationalspieler.

Aber das war's dann auch schon. Gegen eine technisch brillante bulgarische Mannschaft kam im Viertelfinale das »Aus«. Zwar hatte Lothar Matthäus kurz nach der Pause einen umstrittenen Foulelfmeter verwandelt. Doch die Techniker vom Balkan – vor allem Hristo Stoitchkov, Krassimir Balakov (VfB Stuttgart) und Yordan Letchkov (Hamburger SV) – drehten den Spieß noch um und gewannen hochverdient mit 2 : 1.

Wie immer nach derartigen Turnieren folgte der große Abschied vieler Spieler: Torwart Bodo Illgner, Rudi Völler, Guido Buchwald und Andreas Brehme traten freiwillig zurück, ein anderer unfreiwillig. Stefan Effenberg hatte den Fans einen »Stinkefinger« gezeigt und wurde wegen dieser Aufmüpfigkeit nach Hause geschickt – wie acht Jahre zuvor Uli Stein. Nach Vogts' Rücktritt im Jahr 1998 gab »Effe« noch einmal ein kurzes, bescheidenes Gastspiel im Nationaldress, ehe er dieses Kapitel endgültig für sich abschloss. Eigentlich schade – gehört der blonde Spielmacher des FC Bayern München doch unbestritten zu den besten Spielern der Welt.

Doch zurück zur WM in Amerika: Ein überaltertes Team – Durchschnittsalter 28,5 Jahre – brach auseinander. Und der Trainer? Der war, wie so oft in solchen Fällen, einer der einsamsten Menschen

**1991 wird in China die erste Fußballweltmeisterschaft der Frauen ausgetragen. Titelträger sind die USA.**

»Hitzkopf« Stefan Effenberg.

der Welt. Als er nach dem Schlusspfiff gegen Bulgarien in die Kabine schlich, war er genauso allein wie beim abendlichen Abschiedsessen im Mannschaftshotel, wo er völlig verloren an einem Zehn-Personen-Esstisch saß.

## Das »Golden Goal«

Welche Genugtuung muss für den ehrgeizigen Coach zwei Jahre später in England die EM gewesen sein. Dieser Wettbewerb wird auf Grund eines besonderen Ereignisses für alle Zeit in den Gedächtnissen der Fußballfans haften bleiben. Denn zum ersten Mal wurde ein bedeutendes Turnier durch ein so genanntes »Golden Goal« – also ein »goldenes Tor« – entschieden. Und da diese Regel nach der WM 1998 (wo sie nicht angewendet werden musste, da in den jeweiligen Verlängerungen keine Tore fielen) wieder abgeschafft wurde, war es zugleich die einzige Entscheidung dieser Art. Die Regel besagte übrigens, dass die Mannschaft gewann, die in der Verlängerung das erste Tor schoss. Und das war im Endspiel 1996 ausgerechnet der Mittelstürmer der deutschen Mannschaft Oliver Bierhoff. Nach 90 Minuten hatte es gegen die wackeren Tschechen 1 : 1 geheißen. Bierhoff war erst kurz vor Ende der regulären Spielzeit eingewechselt worden und hatte gleich darauf per Kopfball die tschechische Führung ausgeglichen.
Bei dieser Europameisterschaft bot die deutsche Elf zum letzten Mal im abgelaufenen Jahrtausend Klasse-Fußball. Das bekamen im Halbfinale auch die Engländer zu spüren, die wieder einmal im Elfmeterschießen den Kürzeren zogen. Da-

**1991** **Frauenfußball wird in das Programm der Olympischen Spiele 1996 in Atlanta aufgenommen. Nach der Wiedervereinigung wird nach 42 Jahren die DDR-Oberliga aufgelöst. Mit Dynamo Dresden und Hansa Rostock spielen zwei Vereine aus Ostdeutschland in der Bundesliga, sechs weitere in der Zweiten Liga.**

raufhin sagte der englische Profi Gary Linecker den historischen Satz: »Fußball ist ganz einfach. 22 Mann laufen auf dem Platz hinter einem Ball her. Und am Schluss gewinnen immer die Deutschen.«

*Oliver Bierhoff »vergoldet« die Europameisterschaft 1996.*

## Ein »Oldie« spielt groß auf

Bei der WM 1998 in Frankreich trat eine deutsche Mannschaft an, bei der viele Spieler bereits den Höhepunkt ihrer Karriere hinter sich hatten. Ob Torwart Andreas Köpke, noch bei der EM unumstrittener Held seiner Elf, ob Jürgen Klinsmann, Olaf Thon oder Thomas Häßler – sie alle spielten genauso unter Form wie die Neuen, die Berti Vogts mit nach Frankreich genommen hat und die auch heute die Stützen der Nationalelf sind. Einer, der sich eigentlich aus Altersgründen bereits von der Nationalelf verabschiedet hatte, war auch wieder mit von der Partie. Lothar Matthäus. Wer hätte geahnt, dass der Bayern-Star auf seine »alten Tage« noch einmal zum großen Aushängeschild des deutschen Fußballs werden sollte? Hochverdient und mit großem Abstand zum Zweitplatzierten wurde der 38-jährige zum Fußballer des Jahres 1999 gewählt – neun Jahre nach seiner letzten Ehrung.

**1994 schreibt Brasilien Fußballgeschichte: Durch Elfmeterschießen gegen Italien holt sich das Team aus Südamerika als erste Mannschaft zum vierten Mal den Weltmeistertitel.**

**Fußballer des Jahres**

1999: Lothar Matthäus (Bayern München)
1998: Oliver Bierhoff (AC Mailand)
1997: Jürgen Kohler (Borussia Dortmund)
1996: Matthias Sammer (Borussia Dortmund)
1995: Matthias Sammer (Borussia Dortmund)
1994: Jürgen Klinsmann (Tottenham Hotspur)
1993: Andreas Köpke (1. FC Nürnberg)
1992: Thomas Häßler (AS Rom)
1991: Stefan Kuntz (1. FC Kaiserslautern)
1990: Lothar Matthäus (Inter Mailand)
1989: Thomas Häßler (1. FC Köln)
1988: Jürgen Klinsmann (VfB Stuttgart)
1987: Uwe Rahn (Borussia Mönchengladbach)
1986: Harald Schumacher (1. FC Köln)
1985: Hans-Peter Briegel (Hellas Verona)
1984: Harald Schumacher (1. FC Köln)
1983: Rudi Völler (Werder Bremen)
1982: Karlheinz Förster (VfB Stuttgart)
1981: Paul Breitner (FC Bayern München)
1980: Karl-Heinz Rummenigge (FC Bayern München)
1979: Berti Vogts (Borussia Mönchengladbach)
1978: Sepp Maier (FC Bayern München)
1977: Sepp Maier (FC Bayern München)
1976: Franz Beckenbauer (FC Bayern München)
1975: Sepp Maier (FC Bayern München)
1974: Franz Beckenbauer (FC Bayern München)
1973: Günter Netzer (Borussia Mönchengladbach)
1972: Günter Netzer (Borussia Mönchengladbach)
1971: Berti Vogts (Borussia Mönchengladbach)
1970: Uwe Seeler (Hamburger SV)
1969: Gerd Müller (FC Bayern München)
1968: Franz Beckenbauer (FC Bayern München)
1967: Gerd Müller (FC Bayern München)
1966: Franz Beckenbauer (FC Bayern München)
1965: Hans Tilkowski (Borussia Dortmund)
1964: Uwe Seeler (Hamburger SV)
1963: Hans Schäfer (1. FC Köln)
1962: Karl-Heinz Schnellinger (1. FC Köln)
1961: Max Morlock (1. FC Nürnberg)
1960: Uwe Seeler (Hamburger SV)

*». . . und am Schluss gewinnen immer die Deutschen.«*

**1994** **Mit der Unternehmerin Britta Steilmann gibt es erstmals in Europa eine Frau als Managerin im bezahlten Fußball. Sie kann jedoch den Abstieg des Bundeligavereins Wattenscheid 09 auch nicht verhindern.**

*Lothar wird´s schon richten: WM 1998 in Frankreich.*

## Von Kroatien blamiert

Nun, mit dieser »Senioren-Truppe« boten bei der WM 1998 weder die Siege gegen Iran oder die USA noch das 2 : 2-Unentschieden gegen Jugoslawien glanzvollen Fußball. Auch der 2 : 1-Erfolg gegen Mexiko im Achtelfinale muss als eher glücklich bezeichnet werden.

Was dann im Viertelfinale folgte, gehört zu den dunklen Stunden des deutschen Fußballs. Die kroatische Mannschaft erteilte der Klinsmann-Elf in Lyon taktisch und technisch eine Lehrstunde und beendete mit einem deutlichen 3 : 0 alle Träume von einem deutschen Weiterkommen. Berti Vogts war über die Niederlage derart enttäuscht, dass er sich zu Andeutungen hinreißen ließ, bei dem Spiel sei es nicht mit rechten Dingen zugegangen. Doch das war angesichts der Klarheit des Ergebnisses lächerlich und zeugte nicht unbedingt von einer fairen Haltung.

Alles andere als fair waren jedoch auch die Kommentare in den Medien gegenüber dem Trainer. Der weigerte sich jedoch vorläufig zurückzutreten, was eigentlich vernünftig gewesen wäre. So dauerte es zwei unwürdige Monate und zwei blamable Länderspiele mehr, ehe

**1996 wird Deutschland im Londoner Wembley-Stadion durch einen 1 : 0-Sieg über die Tschechische Republik erneut Europameister.**
**Als erste afrikanische Mannschaft gewinnt Nigeria das olympische Turnier in Atlanta.**

*Aus der Traum . . .*

Vogts dem Druck der Öffentlichkeit nachgab. Dennoch: Seine Erfolge als Trainer sind statistisch gesehen sogar noch größer als die seines viel gerühmten Vorgängers. Und bei einer Umfrage ergab sich vor kurzem, dass die Mehrheit der deutschen Fußballfans Berti Vogts für den Bundestrainer hält, dem der deutsche Fußball am meisten zu verdanken hat.

**Die deutschen Bundestrainer**

Otto Nerz: 75 Spiele; erstes Länderspiel: 31.10.1926, letztes: 07.08.1936
Bilanz: 44 Siege / 11 Remis / 20 Niederlagen

Sepp Herberger: 172 Spiele; erstes Länderspiel: 13.09.1936, letztes: 07.06.1964
Bilanz: 100 Siege / 28 Remis / 44 Niederlagen

Helmut Schön: 139 Spiele; erstes Länderspiel: 04.11.1964, letztes: 21.06.1978
Bilanz: 87 Siege / 30 Remis / 22 Niederlagen

Jupp Derwall: 67 Spiele; erstes Länderspiel: 11.10.1978, letztes: 17.06.1984
Bilanz: 45 Siege / 11 Remis / 11 Niederlagen

Franz Beckenbauer: 66 Spiele; erstes Länderspiel: 12.09.1984, letztes: 08.07.1990
Bilanz: 34 Siege / 19 Remis / 13 Niederlagen

Berti Vogts: 102 Spiele; erstes Länderspiel: 29.08.1990, letztes: 05.09.1998
Bilanz: 67 Siege / 23 Remis / 12 Niederlagen

Erich Ribbeck: 15 Spiele; erstes Länderspiel: 10.10.1998, letztes: 09.10.1999
Bilanz: 7 Siege / 3 Unentschieden / 5 Niederlagen

**1997 wechselt Ronaldo, der 21-jährige Fußball-Megastar aus Brasilien, für rund 55 Millionen Mark vom FC Barcelona zu Inter Mailand.**

*UEFA-Pokalsieger 1997: FC Schalke 04.*

## Doppelsieg für den Ruhrpott

Erfreuliches gibt es vom deutschen Vereinsfußball in den Neunzigerjahren zu berichten. Besonders bemerkenswert war der Doppelerfolg der beiden großen Rivalen aus dem Ruhrpott im Mai 1997: Borussia Dortmund und Schalke 04 eroberten innerhalb einer Woche den UEFA-Cup und die Champions League-Trophäe. Beide Male hatten italienische Gegner das Nachsehen.

Die Schalker, seit dem Gewinn der Meisterschaft 1958 und des DFB-Pokals 1972 ohne nationalen Erfolg, hatten sich durch großartigen Kampffußball bis ins Finale des UEFA-Cups gerackert. Nach einem 1 : 0 zu Hause und einem 0 : 1 bei Inter Mailand musste das Elfmeterschießen entscheiden, das die »Knappen« zum Entsetzen der Mailänder Fans mit 4 : 1 für sich entschieden.

Eine Woche später setzte Borussia Dortmund noch eins drauf. Der einstige Europacup der Landesmeister war mit der Saison 1994/95 zur »Champions League« befördert worden. Im Finale von München wurde Juventus Turin durch zwei Treffer von Riedle und ein verrücktes Tor des Abiturienten Lars Ricken, der eben erst eingewechselt worden war, mit 3 : 1 bezwungen. Die Dortmunder setzten wenige Wochen später sogar noch eins drauf

**1997 Erfolge für zwei deutsche Teams aus dem Ruhrpott: Borussia Dortmund siegt in der Champions League, der FC Schalke 04 holt sich den UEFA-Pokal.**

*Champions-League-Gewinner und Weltpokalsieger 1997: Borussia Dortmund.*

und eroberten gegen den Südamerika-Champion Belo Horizonte den Weltpokal, was 1976 als bislang einzigem deutschen Team dem FC Bayern gelungen war.

## Das Comeback der »Roten Teufel«

Unvergessen bleibt auch der sportliche Durchmarsch einer anderen Traditionself. Der 1. FC Kaiserslautern stieg innerhalb eines Jahres von der Zweiten Liga auf den Bundesliga-Meisterthron. Und verbunden ist dieser Triumph wiederum mit dem Namen Otto Rehhagel. Erst kurz zuvor hatte »König Otto« nach seinem Abschied aus Bremen Schiffbruch beim FC Bayern München erlitten, wo er im Umfeld von Beckenbauer, Hoeneß, Rummenigge und Co. nicht seine gewohnte Rolle spielen konnte. Daraufhin übernahm er die »Roten Teufel« aus Kaiserslautern, die kurz zuvor erstmalig in ihrer Vereinsgeschichte aus der Bundesliga abgestiegen waren.

Rehhagel gelang etwas Einzigartiges: Er schaffte nicht nur den sofortigen Wiederaufstieg, sondern wurde mit den Pfälzern noch in derselben Saison deutscher Meister.

**1998 wird Frankreich bei der Fußball-WM im eigenen Lande erstmals Titelträger. Deutschland scheitert durch ein 0 : 3 gegen Bulgarien bereits im Viertelfinale. Deutsche Hooligans schreiben Negativschlagzeilen, indem sie prügelnd durch die Straßen ziehen. Neuer TV-Rekord: 37 Milliarden Menschen verfolgen die Spiele an den Fernsehgeräten.**

*Wieder »lauter« Erfolge: Otto Rehhagel.*

## Wie es wohl weitergeht?

Mach dir mal den Spaß und lies am Montag die Sportseiten der Zeitung vom Samstag! Dann wirst du erleben, wie oft und wie krass die Journalisten danebenliegen, wenn sie voraussagen, wer warum wie hoch gegen wen gewinnen wird. Da ich selbst lange genug zur Zunft der schreibenden Sportredakteure gehörte, hüte ich mich also dir zu sagen, wie es mit dem deutschen Fußball im neuen Jahrtausend weitergeht. Doch ein paar Entwicklungen sind trotzdem klar zu erkennen:

Beim Fußball geht es immer mehr ums Geld. Das bedeutet aber auch: Die Spieler werden immer teurer und verdienen immer mehr. Die Interessen von Medien und Unternehmen sind zunehmend wichtiger als die der »wahren« Fans.

Fußball wird immer internationaler. Rund die Hälfte aller Bundesligaspieler kommt nicht aus Deutschland. Die bunt zusammengewürfelten Teams sorgen in den Stadien sicher für hohen Unterhaltungswert. Und es macht gewiss mehr Spaß, Weltklassespielern aus Südamerika, Afrika oder Europa zuzusehen als dem grausamen Gekicke und Gerenne von Fritzchen Müller, der letzte Saison noch in der Amateurliga dem Ball nachrannte.

Doch genau diese Fritzchen Müllers sind die Zukunft des deutschen Fußballs! Und

**1999 zeigt sich die deutsche Nationalelf in der Krise. Gegen die zweitklassige Mannschaft aus den USA setzt es eine 0 : 3-Schlappe. Gegen Brasilien folgt beim Federationscup mit 0 : 4 die höchste Niederlage seit dem 3 : 8-Vorrunden-Schlamassel bei der WM 1954 gegen Ungarn. Dort hatte man sich jedoch im Finale gegen die gleiche Elf mit einem 3 : 2 revanchieren können.**

wenn junge Talente aus dem eigenen Land auf der Reservebank versauern, weil ein Trainer sich nicht traut sie einzusetzen, dann muss man sich nicht wundern, dass die deutsche Nationalmannschaft eben international nur die zweite Geige spielt. Oder dass »Oldies« wie Lothar Matthäus oder Thomas Häßler den Jungen zeigen (müssen), was 'ne Harke ist.

Wie gesagt: Keiner weiß, wohin das alles in den nächsten Jahren führt. Lassen wir uns also überraschen. Und hoffen wir bei aller Kritik, dass uns der Fußball in Deutschland – und auch mit Deutschland – immer wieder aufs Neue begeistert.

## Frauen – ein starkes Fußballgeschlecht

Man glaubt es kaum: Noch im Jahr 1955, also ein Jahr, nachdem Deutschland zum ersten Mal Fußball-Weltmeister geworden war, hatte der DFB-Bundestag Frauen offiziell verboten, Fußball zu spielen. Erst 1970 besannen sich die ehrwürdigen Fußball-Oberen eines Besseren, und so können die Fußball spielenden Frauen und Mädchen in Deutschland im Jahr 2000 auf ihr dreißigjähriges Verbands-Jubiläum zurückblicken. Übrigens: Rund 877 000 der 6,3 Millionen Mitglieder im DFB sind nach der neuesten Statistik

*Weltmeisterschaft 1999: Torschützin Bettina Wiegmann.*

**1999** **Pech für den FC Bayern München: Das Champions League-Finale geht durch zwei Tore in den Schlussminuten gegen Manchester United mit 1 : 2 verloren. Im DFB-Pokalfinale verschießt ausgerechnet Rekordnationalspieler Lothar Matthäus gegen Werder Bremen den entscheidenden Elfmeter.**

*Torjubel der deutschen Spielerinnen im Viertelfinale gegen die USA.*

weiblichen Geschlechts. Die deutsche Meisterschaft wird seit 1974 ausgespielt, eine eingleisige Bundesliga gibt es seit 1998.

In den Jahren 1989, 1991, 1995 und 1997 wurden die DFB-Damen Europameister, 1995 belegte man bei der WM in Schweden den zweiten Platz hinter Norwegen. Kein Wunder, dass man nun selbst in der Frankfurter DFB-Zentrale den Stellenwert des Frauenfußballs in Deutschland erkannt hat. In der offiziellen Internet-Homepage des DFB heißt es in bestem Funktionärsdeutsch: »Der Frauen-Fußball ist ein integraler Bestandteil unserer Gesellschaft, sofern sie sich mit dem Sport identifiziert. Er hat seinen Platz ehrenhaft und überzeugend erkämpft.«

Frauen-Fußball, einst als »Rummelplatz-Theater« belächelt, ist seit den Spielen 1996 in Atlanta sogar eine olympische Disziplin. Kurioserweise sind die weltbesten Kickerinnen in den USA zu Hause, während dort die Fußball spielenden Herren nach wie vor eher zu den sportlichen Randfiguren zählen – und das trotz der beiden Siege gegen Deutschland im Jahr 1999. Mag sein, dass sich dies endgültig ändert, wenn Fußball-Oldie Lothar Matthäus jetzt kräftig über dem großen Teich mitmischt. Wir erinnern uns: 1977 hat schon einmal ein großer, wenn

*Am Ende triumphieren die Amerikanerinnen mit einer überragenden Mia Hamm.*

**1999 Mit dem SSV Ulm und der SpVgg Unterhaching steigen zwei absolute Außenseiter in die Fußballbundesliga auf.**

nicht sogar der größte deutsche Fußballer aller Zeiten, sein Glück in den USA versucht: Franz Beckenbauer. Die amerikanische Vorliebe für Football, Baseball und Basketball konnte er trotzdem nicht brechen.

Anders die fußballbegeisterten Frauen im Land der unbegrenzten Möglichkeiten: Die haben bei der letzten WM 1999 in Los Angeles gegen China den Titel geholt – unter den Augen des begeisterten Präsidenten Bill Clinton. Im Viertelfinale stoppten die US-Girls dabei übrigens die Titelträume der deutschen Damen. Mal sehen, ob bei den Olympischen Spielen im Jahr 2000 die Revanche gelingt…

**Die deutschen Damenfußball-Meister**

1974 TuS Wörrstadt
1975 Bonner SC
1976 Bayern München
1977 SSG 09 Bergisch Gladbach
1978 SC 07 Bad Neuenahr
1979 SSG 09 Bergisch Gladbach
1980 SSG 09 Bergisch Gladbach
1981 SSG 09 Bergisch Gladbach
1982 SSG 09 Bergisch Gladbach
1983 SSG 09 Bergisch Gladbach
1984 SSG 09 Bergisch Gladbach
1985 KBC Duisburg
1986 FSV Frankfurt
1987 TSV Siegen
1988 SSG 09 Bergisch Gladbach
1989 SSG 09 Bergisch Gladbach
1990 TSV Siegen
1991 TSV Siegen
1992 TSV Siegen
1993 TuS Niederkirchen
1994 TSV Siegen
1995 FSV Frankfurt
1996 TSV Siegen
1997 Grün-Weiß Brauweiler
1998 FSV Frankfurt
1999 1. FFC Frankfurt